GAEA

GAEA

After Sun Goes Down

日落後

長篇03

星子——著
BARZ——插畫

日落後

—長篇—03

目錄

01 鴉片 05

02 黑色大樓 29

03 互助約定 47

04 日不落老屋 67

05 曾經的祕密基地 93

06 十一個惡靈 111

07 阿彌爺爺 141

08 異手大戰 159

09 壞腦袋 201

10 最後的告誡 237

01鴉片

「再等等……他們快走了……」夜路蹲在車尾窗邊，透過自車頂垂下那片密密麻麻的黃金葛藤葉縫隙往外看，只見巷外大道上那隊奇異士兵逐漸走遠。

「怎麼辦？我覺得好怪……嘻嘻、哈哈……」青蘋和英武伏在側面窗邊，捏著回魂羅勒花圈摀在口罩外。

她感受得到黑夢那種奇異氛圍，猶如一陣一陣能夠吹透頭骨、直接拂在腦子上的風。她覺得情緒逐漸不受控制，時喜時憂，若無回魂羅勒效力，此時她或許早已笑得口吐白沫，或者哀傷得想要自殘了。

「奇怪？」盧奕翰望著前頭巷裡那擋著去路的鐵欄大門，只見大門時隱時現，周遭壁面上那些奇異管線一會兒竄長、一會兒剝落。「黑夢好像不太穩定。」

「對耶……」夜路點頭附和，他見到大道對面那些古怪建築群，同樣出現奇異變化，有些擴張到一半的建築開始崩塌，尚未落地便化成為灰燼，被風吹散，跟著又長出新建築。

盧奕翰輕輕踩下油門，讓廂型車更靠近那時隱時現的鐵門。他觀望半晌，只見鐵門隱現的間隔變得更長，便抓準了個空檔，踩下油門駛過那鐵門。

「嘶——」一聲尖嘯自後方巷口發出。

一個怪異長人壁虎般攀在巷口建築高處，臉上巨大獨眼直勾勾地盯著車尾。

「我們被衛兵發現了！快走——」夜路大嚷。

盧奕翰急踩油門，想儘快駛出小巷，突然見到前方牆上一扇門閃出一條人影。

轟隆！

那人用他的雙臂和胸膛，硬生生擋下了廂型車的衝勢。

儘管盧奕翰在撞上那人的前一刻踩下煞車，但這衝勢絕非正常人能夠以肉身阻擋。

「你們是……靈、能、者、協、會的人……」那人身高中等、體型略顯寬闊、長相平凡，臉上和胳臂上滿是瘀青傷疤。他透過擋風玻璃，盯著駕駛座上的盧奕翰，喃喃自語說：「抓到了……」

他這麼說時，雙臂雙腿同時開始使力，像是想將廂型車推回後方大道上一般。

廂型車竟真被他推動了。

「他想把我們推回去？」青蘋攀著前座椅背，驚呼起來。

「這傢伙！」盧奕翰大驚，連忙踩下油門，輪胎發出一陣尖銳刺耳的摩擦聲，廂型車開始往前推進。

那人的力量終究擋不住整輛車子，被推得不住後退。

「快點、快點！有人過來了！天啊他跑好快！」夜路蹲在車尾大喊，只見後方巷口衝來一個年輕男人，那傢伙黝黑精瘦，只穿著一條紅色短褲，赤裸的上身和四肢都畫著滿滿的紅色符籙圖紋。

他跑得像風一樣快。

每一步都跨得像是獵豹一樣遠。

僅幾秒間，那人已奔至車尾；他的動作絲毫沒有停頓，抬足就往後車門直直一踹。轟隆一聲，後車門凹陷一個坑。

「泰拳？」盧奕翰自後視鏡瞧著那剽悍黝黑的傢伙，見他發了狂似地以手肘和膝蓋猛擊後車門，一招一式都是泰拳動作。

「你這瘋狂格鬥迷還有心情研究人家門派？」夜路大叫：「快開車啦！門快要被他拆——」

夜路還沒說完，那泰拳傢伙當眞一拳打進窗裡，拉著窗沿將半邊車門硬生生拉開。

吼——

泰拳傢伙被一股雄渾震波當胸轟退數公尺遠，狼狽地摔在地上，還向後翻滾了好幾圈。

「爲何逼我出手？」夜路直舉右掌，用左手摸了摸掛在他右掌上那鬆獅魔毛茸茸的大腦袋瓜，鬆獅魔有著與憨厚可愛的外表極不相稱的強大力量。

「放心，有我。」夜路得意地回頭對青蘋揚了揚眉。儘管身體裡住了隻老貓和笨狗，生活中頗有不便之處，但夜路終究在這危機四伏的日落圈子裡打滾；不擅戰鬥的他，身體裡多了強悍無匹的鬆獅魔和懂得奇門異術的有財，總是安全許多，也能讓他不時逞逞英雄、耍耍威風。

「你還來？」夜路見那泰拳傢伙翻倒之後，立刻蹦起衝來，便伸出左掌，對準了那傢伙。

有財自夜路左掌心冒出，用貓爪子抹抹鬍鬚，向外一彈，彈出一道光鬚，倏地捲住泰拳傢伙雙腳，將他絆倒在地。

「哼！」泰拳傢伙扯斷了有財的鬍鬚圈圈，再次衝來。

「吼——」鬆獅魔吼出第二記震波，再次將泰拳傢伙轟飛數公尺遠。

「朋友，你還不明白？除了黑摩組核心五人，沒人擋得下我的獅子砲。」夜路的神情和說詞，都彷彿將鬆獅魔的力量當成自己苦學修習的武功一般。

泰拳傢伙再次站起，長長吸了口氣，準備摘下戒指。

「啊！」夜路急忙回頭大喊：「快開車啊，他要摘戒指了！」

「這怪人好煩！」盧奕翰焦躁嚷嚷著，突然急轉排擋倒車數公尺，然後才加速往前衝。

磅——廂型車轟隆撞上前頭那攔路怪人，撞著他往前衝駛；那人攀著車頭，雙手死抓擋風玻璃邊沿，死也不鬆手。

這麼一加速衝撞，廂型車終於駛出小巷，但攀著車頭那人突然鬆開一手，搆著巷口一座嵌在牆上的鐵架，硬生生將正要進一步加速駛遠的廂型車拉停下來，還在巷外繞了個圈，變成側面朝向巷口。

轟隆！那泰拳高手再次追上，一腳踏在廂型車側門上，將側面工作區上的電腦、雜物全踹得翻落一地。

「長！」青蘋伸手按上黃金葛藤蔓，急急唸咒下令。那黃金葛立時快速竄長，從車內竄長到車外，越生越密。

「硬。」青蘋進一步下令，那片覆住了廂型車側面的黃金葛藤蔓快速木質化，莖蔓變得褐黃而堅韌，像是替車子披上一層藤甲般。

啪、啪啪！

泰拳傢伙雙手一扒，便將數層黃金葛藤蔓整個扯裂。他的雙眼全白，身上那紅色符籙紋飾鮮紅得像是血一般；他的戒指已經摘下，指魔之力灌入全身，使他口鼻都噴發出白煙。

「捲。」青蘋下達第三道命令，那甫被泰拳傢伙扯下的黃金葛藤蔓突然又恢復鮮綠，泥鰍般捲上泰拳傢伙雙手雙腳。

「爆。」

轟的一聲，百片捲在泰拳傢伙身上的黃金葛葉片同時爆炸。

這些葉子的爆炸威力儘管不大，但已足夠將那泰拳傢伙炸得後退數步，單膝跪了下來。

「是隻菜鳥。」夜路見那泰拳傢伙摘下戒指催動出指魔之力，但強化幅度卻沒有太明顯，猜測他是黑摩組近期新收成員，指魔修煉時間不長，所以不怎麼強大。

夜路見遠處的黑夢範圍不但沒有繼續擴張，甚至開始痿縮倒退，便自被扯開的後車門下車，說：「我們已在黑夢外面，不用跟他們太客氣。」

「媽的。」盧奕翰也像是被車頭那攔車人激怒般，揭開車門下車。

攔車人鬆開手，站在盧奕翰身前，揉揉頸子，喃喃地說：「你們是靈能者協會的人……」

「對。」盧奕翰說這話的當下，拳頭同時砸上攔路人鼻子。

他還沒施展他的絕活「鐵身」。

盧奕翰本便是格鬥愛好者，舉凡拳擊、柔道、空手道、MMA等各種格鬥類型，他都略有涉獵。

鮮紅的鼻血自攔路人鼻子淌下。對方揮拳反擊，拳力似乎頗大，但動作誇張生硬，像是格鬥外行人才會揮出的動作。

盧奕翰閃過他一拳，瞬間便還他三拳，打在對方的臉和腰肋上。

攔路人又揮一拳，再被盧奕翰閃過之後還毆三拳。

盧奕翰後退一步，神情有些驚訝。眼前這攔路人身材稱不上壯碩，卻似乎極其耐打。盧奕翰每一拳都出了八成力，但攔路人不僅未退，挨拳的當下也沒有絲毫被疼痛震懾的反應。

「這種拳頭，是打不倒『沙包』的。」

一個熟悉的聲音自盧奕翰身後發出。

盧奕翰駭然回頭，馬路中央出現一團奇異黑霧。

兩道貼伏在柏油路上的黑氣，鋪地毯般地一左一右自那奇異黑霧伸開，延伸了十數公尺後陡然轉向，直直撞上盧奕翰、夜路身旁那建築。

不足一公尺寬的黑氣路面，長起一根根電線桿粗細的腐朽木柱，每根相距約莫兩公尺，柱上竄出一條條毛線粗細的黑鏽鐵絲，鐵絲彼此交纏、延伸攀上其他木柱——圈出了一塊猶如擂台般的區域，將盧奕翰和夜路、青蘋三人圍在擂台中央。

此時雖值深夜，街上不時還是有些車子駛來，那些駕駛彷彿看不見路上這些木柱和鐵絲，甚至見不著擂台裡的人。

一輛輛車子直直開來，重重撞上那些木柱或鐵絲圍籬——以黑夢力量築成的圍籬自然不像看上去般殘破衰弱，這些車子就像是撞在城牆上般，車頭、車身嚴重崩毀。

「還記得我嗎？」那沙啞古怪的聲音，自黑霧團中發出。

一個個頭不高，但壯碩異常的男人，領著一批手下走出那黑霧。

男人即便戴著墨鏡，也掩飾不了臉上那股猙獰氣息；他穿著黑色緊身毛衣配牛仔褲和軍靴；頸際掛著一條閃亮金項鍊，一雙袖口拉至肘前，雙腕戴著名錶和黃金手環。

他的左手戴著四枚戒指，右手戴著三枚戒指。

這副模樣，活脫像是當紅格鬥明星暴發戶。

「鴉片……」盧奕翰放開那不怕打的男人，緩緩後退。

另一端窄巷裡的那泰拳傢伙不再狂攻，而是躍上廂型車頂，居高臨下地瞪著夜路和青蘋。

「什麼？他是鴉片？」青蘋聽盧奕翰說出那兩個字，駭然顫抖起來，她盯著馬路中央那矮壯男人——鴉片。

鴉片與莫小非、邵君同為黑摩組核心五人之一。

是對格鬥和肌肉有莫名偏執愛好的傢伙。

夜路左顧右盼，只見兩側那木柱圍籬便像格鬥場上的繩圈，限制了他們行動，這顯然是黑夢的效力，但在圍籬內側的整塊區域卻無異狀，像是刻意保留出的「乾淨」地帶。

「怎麼？怕成這樣？」鴉片哼哼笑著，跟在他身後那些傢伙男多女少，各個面目剽悍，都像是精通一種或數種格鬥技，頭上、臉上都有著或多或少的瘀腫和傷疤。

三個嘍囉走向前，一個捧著一張名貴單人沙發、一個搬著一張高級小桌、一個托著裝有高級紅酒和水晶杯子的提籃。

三人俐落地在鴉片身旁擺出一處像是貴賓席般的座位。

鴉片入座，接過隨從遞來的紅酒，在鼻端晃了晃，對盧奕翰說：「你的拳頭沒這麼軟吧，至少可以打得他跪下。試看看吧。」

盧奕翰轉頭，望著被稱作「沙包」的男人，沙包看來毫不起眼，只是有著比常人略高略寬的身形。但他的拳頭打在沙包身上，甚至感受不到沙包有經過任何鍛鍊，像是極尋常的上班族肉體。

「你在這圈子混了這麼久。」鴉片蹺著二郎腿，喝了一口酒，說：「什麼怪人都見過，有些人的能力是『捱打』也不稀奇啊。」

「也對。」盧奕翰吁了口氣，握起拳頭，瞥了沙包一眼，卻未出手。

他找不出打沙包的理由，他戰鬥是爲了對抗四指，並不純粹是爲了讓人痛苦；他雖也愛格鬥，但可不是虐待狂。

不過鴉片是。

「你不動手，那我坐在這裡幹啥？」鴉片這麼說，朝著站在廂型車頂上那泰拳傢伙，挑了挑眉。「鞭子，你上。」

那叫作「鞭子」的泰拳傢伙倏地躍下，二話不說就往盧奕翰腦袋踢去。

盧奕翰連忙抬臂格擋，只覺得那鞭子踢來的腿又疾又重，確實像是一條人腿鞭子。

同時，沙包也張開雙臂，一步步走向盧奕翰。

「怎麼辦？夜路？」青蘋站在夜路身後，一手捏著掛在車外、截黃金葛莖藤——她只要抓著黃金葛任何一處地方，都能控制整株黃金葛。

「後面沒圍著耶，我們何不往後逃？」英武攀在青蘋身後，抬翅指著身後那狹窄防火巷，裡面確實沒有鐵絲圍籬。

「他就是想把我們逼回去……」夜路搖搖頭，輕輕喚出鬆獅魔，盯著擂台圍籬，像是在猶豫是否能夠以鬆獅魔的獅子砲將圍籬擊破一個開口。

鞭子腿如重鞭，一鞭快過一鞭，全掃在盧奕翰的胳臂和腰間。

盧奕翰速度不如鞭子快腿，只能讓身子化為鋼鐵——「鐵身」。

他全身上下都刺著刺青，那些刺青平時並不會顯現出來，只有在發動能力時，才會綻放出光芒，讓他的身體化為鋼鐵。

鞭子的腿鞭在盧奕翰的胳臂上時，發出的聲音一點也不像是人肉撞上人肉，而是一聲聲刺耳怪異的金屬鞭擊聲。

盧奕翰的身體猶如鋼鐵，鞭子的腿像是皮棍橡膠；盧奕翰的鐵身能降低體肉疼痛，鞭子的鞭腿似乎也不太會疼痛。

盧奕翰突然感到一股怪力箍住了自己的腰，是沙包自後攔腰抱住了他。

他掐著沙包那雙略胖的雙臂，甚至摸不太著肌肉，而是更多的脂肪，但沙包的力氣硬是大得如舉重隊員或角力選手，盧奕翰得讓腰部也變為鋼鐵，才不致於讓沙包箍壞內臟。

數條黃金葛藤蔓飛快捲上鞭子雙腿；青蘋捏著黃金葛藤葉下令，不讓鞭子趁機突擊盧奕翰。

同時，夜路舉著鬆獅魔，朝著鞭子吼出一記雄渾吼波。

「燒！」青蘋下令。

被鬆獅魔吼得騰空飛起的鞭子，身上陡然燃起大火。

「哦？」鴉片這才注意到夜路身後的青蘋，放下二郎腿，挺直了身子，說：「那就是小宋這陣子在找的植物？」

鴉片像是一點也不擔心鞭子安危，朝身後嘍囉招了招手，又走出兩個傢伙。

一個是高大胖壯的中年男人，一個是身材嬌小的女子。

高大胖壯中年男人走向夜路，嬌小女子走向青蘋。

鞭子在地上翻滾了滾，撲熄大火，又蹦了起來，也未理會青蘋，而是繼續盯著盧奕翰。

「你對這些傢伙做了什麼……」盧奕翰在青蘋和夜路圍攻鞭子的同時，以化爲鋼鐵的後腦撞了沙包臉面數下，幾乎能夠感受到沙包的鼻子被他撞碎的觸感，但仍無法讓沙包鬆開雙手；他見鞭子又走來，急忙扳開沙包箍著他腰間那右手小指，喀啦一聲拗斷。

沙包還是不放手。

鞭子重腿直直踹來，盧奕翰化出鋼鐵腹肌硬撐兩下。

第三記重踹，盧奕翰猛力往上一蹦，讓鞭子的腳踹在沙包箍著他腰際的雙手背上。

喀啦啦骨斷聲自沙包雙手上發出。

沙包還是不放手。

且開始用前額撞擊盧奕翰後腦。

盧奕翰被沙包撞得頭暈腦脹。他能讓頭骨鋼鐵化，卻不能讓裡頭的腦子也鋼鐵化，沙包的頭錘像是敲鐘般衝擊他的大腦。

鞭子貼身上來，一拳照著盧奕翰鼻子打來。

後頭的沙包同時也頂上一記頭錘。

盧奕翰抓準時機撇頭，讓鞭子的直拳和沙包的頭錘相撞，發出一聲嚇人裂響；跟著盧奕翰大力一蹦，一記鐵膝重重衝上鞭子下巴。

只一瞬間，鞭子顴骨碎了、下巴也碎了。

盧奕翰落下的瞬間突然猛蹲，將身子抽離沙包擒抱，跟著泥鰍似地轉到沙包身後，用同樣姿勢自後環抱住沙包，但雙臂環抱位置稍低——

沙包並不擅長格鬥技巧，抱著盧奕翰只是想抓住他。

盧奕翰的擒抱則只是第一步；第二步，他雙臂箍著沙包腰際，將他整個人抱起，順勢向後翻仰。

沙包的雙腳騰空、天地翻轉，跟著後腦重重撞上柏油路面。

這是摔角招式裡的原爆式仰摔。

鞭子快腿再來，側踢、直蹬、下壓，盧奕翰以鐵臂硬擋，跟著突然向前撲撞蹦去，將鞭子攔腰抱起，往後拋摔。

鞭子像是無懼柏油地面的堅硬，甫摔落地便立刻翻身，像頭獵豹似地準備再戰；但盧奕翰藉著這一記拋摔搶得優勢位置，在鞭子甫起身時，重重抬腳一踹，鞋尖重重勾上鞭子那碎裂下巴。

鞭子像條被釣起的魚似地被盧奕翰直直踹起，然後落地。

這次鞭子無法再裝作沒事了，他摀著下巴，血從指縫落下，他背脊發出的顫抖終於無法掩飾下巴發出的劇痛。

另一邊，沙包也搖搖晃晃地站起，那記重摔讓他頭暈腦脹。

「原來你們會痛啊。」盧奕翰冷笑兩聲，總算知道這些怪傢伙只是耐力強，而不是沒有痛覺。

「要讓他們不會痛不難。」鴉片放下酒杯，站了起來，拗著手指發出一陣喀喀聲。

「但是那就不好玩啦。」

另一邊那圍著夜路和青蘋步步進逼的中年大叔和嬌小女子，一見鴉片走來，便向一旁退開。

「我訓練得不錯吧。」鴉片呵呵笑著，走過沙包身邊，拍拍他的肩，順手抓住他那被鞭子蹬碎的手，大力一捏——

還緩緩擰握。

沙包瞪大眼睛、漲紅了臉、渾身發顫，青筋爬滿頸子額頭。

「這蠢才本來好像只是個喜歡看摔角的上班族，一個月不到，被我訓練得這麼耐打。」鴉片哈哈笑著，終於放手。

沙包左手托著像是被揉壞黏土般的右手，退回嘍囉陣中，默不作聲。

鞭子則在鴉片走過身邊時，乖乖挺直身子，不敢再搗下巴，他那歪斜下巴立時捱上鴉片反手一記勾拳。

鞭子第一次發出痛苦低號，吐了幾口血，踉蹌退回沙包身旁。

「你一點也沒變。」盧奕翰心中的憤怒壓過了恐懼，不屑地瞪著鴉片。他知道鴉片脾氣暴躁，絲毫不具備「教練」、「老師」的特質；他所謂訓練，和「凌虐」大概是同義詞。這些嘍囉想來都是他仗著黑夢效力強擄回來的獵物，在百般虐待再配合提升肉體力量的邪術，鍛鍊而出的一批鐵血打手。

鴉片步步進逼；盧奕翰緩緩後退，夜路舉起鬆獅魔，青蘋捏緊神草黃金葛，英武抱著青蘋頸子發抖。

黑摩組核心五人之一的鴉片，力量可不是前幾個菜鳥打手能夠比擬的。

「這樣好了。」鴉片見眼前三人驚恐得像是被野貓包圍的老鼠般，忍不住嘿嘿笑著說：「我不脫戒指，只單純想揍揍人。那些不會喊痛的傢伙雖然是我一手訓練出來的，但打久了也有點無聊；一般人不會打，也不好玩。」

「又會叫又會打的，其實不是那麼容易碰到。」鴉片扭著脖子，讓脖子也發出喀啦啦的聲音，用看待有趣玩具的眼神盯著盧奕翰。

「……」盧奕翰莫可奈何地和夜路相望一眼，說：「你腦袋好，想想辦法，我盡量拖住他。」

「這已經和腦袋無關了……」夜路嘆了口氣，只見兩旁擂台圍籬外那黑夢範圍正緩緩向外擴大，知道這擂台空間只是鴉片想虐打正常人而刻意留下的區域。連晝之光夜天使、協會總部全員都敵不過的黑夢，他們三人身陷其中，眼前又是黑摩組核心五人之一的鴉片，怎麼想都絕無逃脫的辦法，他無奈地哀號起來：「生死有命啊……」

「阿弟……」盧奕翰吁了口氣，拍著肚子喃喃自語：「這幾個月餵你吃了這麼多東西，現在報答我一下吧。」

阿弟是寄宿在盧奕翰肚子裡的小鬼，平時日夜睡著，一醒來就要吃東西。盧奕翰吃下的東西，阿弟都能將之轉成魄質能量，儲存在盧奕翰體內，作爲鐵身力量來源。

鴉片那滿是粗皮的拳頭，砸在盧奕翰抬起格擋的鐵臂上。

盧奕翰咬牙硬撐，只覺得胳臂要被打壞了。

鴉片第二拳，打在盧奕翰腰肋上，讓盧奕翰乾嘔連連。

盧奕翰還擊數拳，鴉片左搖右晃地輕鬆閃過，臉上的笑意像是十分享受與人格鬥的趣味，他並不急著一舉擊殺三人——

他需要資質更好的打手。

「我記得你很耐打。」鴉片哈哈大笑：「我會把你訓練得比沙包還耐打。」

盧奕翰低頭猛衝，企圖抱住鴉片雙腿，將他拋摔在地——但這招失敗了。

同為格鬥狂的鴉片，在盧奕翰低腰衝來的當下便看穿他的招式，立時也放低姿勢，一把勒住盧奕翰頸子、一手揪住他褲頭，將他頭下腳上地直直舉起——

然後向下坐倒。

這是摔角技裡的「垂直落下式ＤＤＴ」——將人頭下腳上地豎著抱起，再順勢坐倒，讓對手腦門著地。

磅——

「呀！」青蘋讓盧奕翰腦門撞地時發出的巨大聲響嚇得一抖，握著黃金葛的手猛力一扯，大喊：「去——」

廂型車上數條黃金葛藤蔓飛快捲上鴉片四肢。

「抬！」青蘋高喊，但被黃金葛藤蔓捲著的鴉片卻像巨岩般文風不動，哼了哼隨手一拉，將整台廂型車都給拉翻。

「吼——」一股巨大吼波轟來，衝在鴉片身上，這才將鴉片轟退數步。

「又是這隻狗。」鴉片盯著夜路舉起手上那鬆獅魔對著他，想起了過去曾與這隻惡狗戰鬥時的緊迫感。

鴉片嘿嘿笑著，像是發現了比盧奕翰更令他著迷的玩具般微微伏下腰，像是一頭餓虎，左手拇指輕輕撫著無名指上的戒指。

「喂、喂喂！你不是說不脫戒指嗎？」夜路大喊，他知道即便現在被視為魔王的黑摩組核心五人，也無法在不使用指魔力量的情況下制服他手上的鬆獅魔。

「我像是守信用的人嗎？」鴉片嘿嘿笑著，卻也只是摩挲著戒指，而沒有直接摘下它。他十分好奇自己的肉體力量到底能和鬆獅魔戰到什麼地步，這和誠信無關，純粹和格鬥狂性格有關。

嗡——

四周震動起來。

一陣風暴自廂型車駛出的防火窄巷竄出。

「怎麼回事？」鴉片訝異地停下動作，望向華西夜市方向衝上天的幾道青色異光。

隨著那直衝天際的青色異光閃耀，華西夜市幾處隨著黑夢範圍擴大而「長起來」的古怪建築轟隆隆地塌陷。

「小非出事了？難道晝之光那傢伙現身啦──」鴉片狂吼一聲，轟隆蹦過廂型車，直直衝進窄巷。

那群嘍囉一一奔過夜路、盧奕翰身邊，隨著鴉片衝入巷子。

四周那古怪木柱、染血鐵絲開始消退。

夜路和青蘋奔到盧奕翰身邊，扶起幾乎暈死的盧奕翰。若非盧奕翰在千鈞一刻之際讓腦袋脖子甚至胸肋都鐵化，鴉片那記ＤＤＴ可要將他腦袋和頸椎都撞爛了。

青蘋操使黃金葛，將廂型車抬起翻正，三人急急上車，駕車撤離，就怕鴉片又回頭追殺。

在強烈的恐懼壓迫之下，車裡寂靜無聲，直到廂型車駛出好一陣，夜路終於大大吁了口氣，嚷嚷起來：「媽的，眞是命大！」

「嚇死我了、眞是嚇死我了，今天太可怕了——」英武嘎嘎接口、振翅亂叫，像是終於從惡夢中驚醒般。「我嚇到都忘記自己會說話了……」

02黑色大樓

鬚野的腦袋飛到了半空，然後落地，彈跳幾下後滾到了好幾公尺外的牆角。

黑色的血自鬚野斷頭處噴出。

伊恩收刀入鞘。

張意像是尚未反應過來般，望著鬚野那缺了腦袋的軀體搖搖晃晃地將要倒下。

數道銀流化爲利刃竄過伊恩和張意身邊，橫豎斬向鬚野，將他的身體大卸八塊。

長門又盯著鬚野屍塊幾秒，這才放下持琴戰姿，她見張意目瞪口呆地望著她，也只是微微一笑。

「師弟，你別誤會。」摩魔火拍著張意腦袋，說：「長門小姐可不是喜歡濫殺。我們這圈子裡各種鬼鬼怪怪，有時沒腦袋也能活著，所以如果你不確定敵人眞的死透了，就得多補幾刀。」

「說得沒錯。」伊恩哈哈大笑，拍了拍張意的肩。「你師兄說的話，你要謹記在心。」

「呃……」張意一時也不知該應些什麼，只能胡亂點頭，跟著伊恩和長門繼續前進。

他們無意探究鬚野究竟發生了什麼事，伊恩推測多半是在黑夢籠罩下，這公寓結界與四周各種結界空間全連在一塊，還增生出新的空間。心神喪失的鬚野便和那些瘋了的房客、其他住民互相殘殺起來。

伊恩領著張意和長門在長廊繞了一陣，來到一處窗邊，窗外是條狹窄防火巷，對面是滿布奇異管線的潮濕牆壁。

伊恩小心翼翼地探頭出去，左右看了看，只見對面建築十分高聳，超過十樓，窄巷兩側則曲折蜿蜒，看不見外頭大街情況。

華西夜市被黑夢籠罩之後，原本的低矮公寓群增生出各種古怪結構，此時整個夜市周邊建物已與原本市街截然不同。

「我們得往高一點的地方找……」伊恩說：「我想確定黑夢現在的範圍到底擴張到哪邊，不過……往西邊走應該比較好。」

張意起初不明白伊恩所謂「往西邊走較好」的依據爲何。問了伊恩幾句，才明白這是因爲黑夢需要吸取人類精魄作爲運作能量，按常理判斷，應當先往人潮聚集處擴散，才能獲得更巨量的魄質。

華西夜市位在台北市區外圍，接近淡水河。比起市中心，河流與周遭河濱公園無人聚集，顯然不是黑夢擴散的首選，因此往西邊或是西北方向的河岸前進，應當是最快抵達黑夢邊際的方式。

一般異能者即便來到黑夢邊際，也無法輕易離開。但張意不同，只要抵達邊界，就有機會安然離開。

他們繼續往上，本來僅有三層的公寓，此時不知「長高」了多少，是以他們走上本來應當通往樓頂的樓梯後，來到的地方卻不是頂樓，而是更加古怪的建築廊道。

前後仍然是連戶式公寓構造，四周漆黑黯淡，天花板上微弱的日光燈閃爍不定，斑駁的牆壁上貼著一張張古怪廣告傳單。

由於黑夢是集結眾人夢境、意識，甚至是妄想生成的結界，那些廣告傳單的內容看來也荒誕離奇——有廉價販賣妻兒的、有出租內臟的、有販賣古怪藥材的、有交換排泄物的……那些留在傳單上的電話號碼，也如同夢境般模糊錯亂。

他們在這古怪公寓廊間繞走半晌，又往上數層。從四樓開始，每層樓向上的樓梯都位在樓層不同處，有時甚至不是正常水泥樓梯，而是嵌在牆上的腐鏽直梯，甚至是旋轉樓梯。

越是往上，建築構造也更加古怪，甚至連廊道和室內的分際都變得混淆起來。他們穿過一間和室，推開一扇垂著卡通小門帘、像是小女孩臥房的門後，來到一處像是天井構造的水泥大室，那水泥室內聳立著好幾柱方形水泥柱，柱上生滿了霉斑和青苔，大柱角落還停著破舊的腳踏車，看上去猶如哪棟公寓社區的廢棄停車場。

這廢棄水泥停車場相當寬闊，聳高的水泥壁面上頭開著窗型洞口，從那洞口望出去，甚至可以見到湛藍天空，透入的陽光映在某些角落的水窪上，映出的倒影十分美麗。

張意望著那湛藍天空，竟有種回到了過去正常世界的錯覺，這些時日的經歷彷彿一場夢境。

但他跟著伊恩走入另一扇門，又來到另一處詭異廊道後，他才認清自己仍然身處在這恐怖的黑夢世界裡。

「老大……」張意忍不住問：「爲什麼一個人都沒有？」

「人都去『籠子』裡了。」伊恩答。

「之前我們一度見過那些人……」摩魔火接著說：「他們像是被催眠一樣前往規劃

好的空間。所有人不分男女老幼，像是螞蟻一樣工作著，有些負責膳食、有些負責打掃；大家睡在同一個地方，只穿著最低限度的衣服，甚至不穿衣服……我們在鬚野小房間裡過了幾天，原本的活人大概早已分配到各地籠子裡了。」

「所以……」張意訝異地問：「如果被黑夢核心地帶洗腦的人，再也救不回來了嗎？」

「或許可以，或許不行……」伊恩苦笑說：「但不論結果如何，這個城市已經和以前不一樣了。你要做好向過去的世界道別的心理準備……」

張意打了個冷顫，知道即便現在就消滅黑摩組、摧毀黑夢，但整座城市失序的程度早已超乎想像。經歷劇變的市民突然恢復心智，肯定要騷動驚恐到了極點。

他們再往上找了幾樓，終於來到一處視野較好的窗邊。

神官飛出探路，發現樓頂距離他們身處樓層僅相差兩樓，且四周並無衛兵。

他們翻窗出去，伊恩讓七魂刀鞘上那銀色繩結延伸變長，在神官引路下，纏上樓頂數處巨大水塔底部，分別將自己和長門、張意提上頂樓。

頂樓堆滿各式水塔，雜草叢生。伊恩領著張意和長門，小心翼翼地穿過水塔底部，來到牆沿觀察外界變化。

此時周遭景況已與本來的華西夜市大不相同——

原本的低矮公寓街道，增生出十餘棟超過二、三十層樓高的古怪巨型公寓，那些巨型公寓樓群有的相隔甚近，彼此甚至有些部分構造相連。

其餘較矮的公寓也多半有六、七樓至十樓出頭，大部分的建築與建築之間，還延伸出各種奇異棚架、棧板、橋梁和鐵皮貨櫃。

因此伊恩等人不論在樓頂哪一面往下望，都極難見到平地道路的情況，伊恩推斷此時平地道路應當有著大隊衛兵巡守——

黑夢裡那一隊隊古怪衛兵和攀在牆上的巨大衛兵，全都是黑摩組以人魂煉成的凶鬼。

「從這裡下去，應該可以進入對面。」伊恩帶著張意和長門來到一處圍牆邊沿，指著牆外下方那一大片瓦片屋頂，那是沿著這棟公寓鐵窗向外增生而出的奇異木造建築，比起一般樓房陽台外推還要突出兩三倍——倘若從下方往上看，那間怪異小木屋便像是整間「黏」在公寓鐵窗上一般。

小木屋斜前方，與另一處怪樓的窗子相距不到半公尺。

「我想，裡面應該還是比外面安全。」伊恩指指左右高處，只見附近高樓牆上都攀著數公尺高的大眼衛兵，那些大眼衛兵壁虎似地在高樓牆面亂爬，一顆大眼骨碌碌地溜轉，猶如活體雷達一般。

「可是，這樣過去，會被發現吧……」張意揹著那魄質大罈子蹲在水塔和牆沿間，害怕地看著攀在對面黑樓上一隻大眼衛兵。

大眼衛兵距離他們約莫三十餘公尺，腦袋並未盯著這兒。但他們三人若要翻過圍牆，踩上小木屋屋頂，鑽入黑樓窗中，可也得費一番工夫，過程中倘若那大眼轉頭，便瞧見他們了。

「當然要用點方法。」伊恩點點頭，指了指懷裡的七魂。「也該是時候讓你見識這把刀的厲害了。你記得摩魔火對你說過，這把刀上有七個魔居空間，住著七隻魔，對吧。」

「嗯。」張意點點頭，說：「都是……都是老大你過去的戰友，和大嫂……」

「算是吧。」伊恩說：「七魔裡除了摩魔火他老婆之外，都是過去我在協會裡的夥件。四指俘虜了他們，將他們煉成凶魔，驅使他們和協會除魔師自相殘殺。我一個一個搶回他們，費盡千辛萬苦消除他們的凶性，讓他們住在七魂的魔居空間裡。他們過去是我最好的戰友，現在依舊是。但他們魂中還留有四指的邪術印記，這也是我一定要將手煉成的原因，除我之外，他們不聽任何人命令；若我死了，他們甚至會重新聽命於四指……這件事，我絕不會讓它發生。」

伊恩說到這裡，左手將七魂提得高些，對張意說：「你仔細看，刀柄、刀刃、護手和刀鞘上都刻著符字，那是魔居空間的入口。」

張意將腦袋湊上去，果然見到伊恩所說那幾處地方都刻著一枚奇異符字。其中刀鞘上那段纏繞著銀繩的提握處，以及垂下的銀色繩結綴飾，都自鞘脊上一處符字延伸而出——那便是摩魔火他老婆吐出的蛛絲。

「雪姑。」伊恩說：「這是嫂子的名字。」

「嗯。」張意感到摩魔火在他後腦勺上抖了抖，像是聽見了恐怖的名字一般。

「這裡住的，是『明燈』……」伊恩又指了指刀鞘側面近前端一枚符字。「明燈過去在協會裡，曾經擔任過我三年法術指導老師。到了第二年，我就把他所有法術全學會了，還將其中十幾種法術改良，反過來教給他——」

伊恩拍了拍刀鞘，對著七魂喃喃幾句，只見那刀鞘前端那符字微微發亮，一隻老手伸出，托著三枚小巧紙蝶。

紙蝶振翅飛起，那飛行姿態便和眞蝴蝶一模一樣。

伊恩伸指在那三隻紙蝶翅上輕輕沾了沾，然後任它們飛起。

張意和長門蹲在牆沿，望著那紙蝶持續飛向大眼衛兵。

那大眼衛兵似乎嗅到了不尋常的氣息般抬昂起腦袋，左顧右盼起來。

張意趕忙將頭低下，好半晌才再微微探頭望去，只見那大眼衛兵開始爬動。此時的距離已看不清紙蝴蝶，但張意能大略從大眼衛兵的張望動態察覺得到那紙蝶飛勢。

大眼衛兵像隻貓般被三隻紙蝶吸引，爬得越來越遠，攀過黑樓屋頂，攀去其他地方。

接下來二十餘分鐘，伊恩便連續使出這招，讓鄰近三隻大眼衛兵都爬去更遠的地方。

「這招不能用太多次。」伊恩說：「要是讓黑摩組的人發現太多衛兵行跡怪異，就會猜出這必定是人爲符術影響的結果。」

摩魔火拍著張意腦袋補充說：「那些衛兵能察覺到四周細微的動靜和氣息，但在黑夢裡，有許多受到黑夢影響的遊魂、野鬼，甚至是體質特異的活人動物，都會散發出引起衛兵注意的氣息，甚至彼此廝殺——像是那大地鼠房東一樣。各式各樣的小騷動出現在黑夢各個角落，黑摩組的人手沒那麼多，不可能處理每一件小事，所以那些衛兵只會在發生一定規模以上的騷動，或是發現特定人物，例如伊恩老大時，才發出警報號令。」

「老大剛剛在紙蝶身上施下了極細微的迷魂術和模擬出來的細微魄質氣息，讓那些衛兵以爲自己發現了什麼，而前往查探。那些紙蝶會飛行一段距離之後自然消失。那種程度的魄質變化，在黑夢裡甚至外界都是自然現象，衛兵們完全不會意識到自己的行動是人爲干擾的結果——除非相同的情形連續出現多次。」

「原來如此，明燈老師會這麼厲害的法術……」張意不禁由衷佩服，他問：「那七魂其他幾位……前輩，又擁有什麼樣的能力呢？」

「不急。」伊恩探手指了指對面黑樓那扇窗，說：「先到對面再說，否則衛兵又要回來了。」

伊恩帶著長門和張意攀過牆沿，踩上那自公寓鐵窗長出的小木屋頂，來到屋頂邊緣，舉起七魂，讓雪姑那銀色繩結延伸，在小木屋和黑樓那扇窗之間造出一道「絲路」。長門先踩著絲路躍入窗中，略微觀察幾眼，立時撥琴放出銀流，將揹著大鐔剛踩上絲路嚇得搖搖晃晃的張意捲入窗中。

伊恩進來，收回蛛絲。

幾個被紙蝶引開的大眼衛兵此時正跟著蝴蝶氣息，在各棟大樓外牆上緩緩繞轉著，絲毫沒有發現伊恩等人的動靜。

這棟建築內部更加古怪了。

伊恩領著張意和長門在室內繞走一陣，發現四周像是荒廢的辦公空間，有一張張凌亂堆放的老舊辦公桌椅，牆壁上掛著過時的月曆。但四周一些門推開，裡頭卻又是各種空間和情景——

躺著數具死屍的賓館房間、馬桶裝在側牆上的廁所、鋪著榻榻米的日本和室、燉煮著奇異食物的廚房、雜貨店鋪……他們彷彿進入了無數人的記憶和夢境深處。

漸漸地，他們在推開房間時，會見到一些「鬼」。

一個本來蹲伏在衣櫃上方的女鬼，見伊恩推門，便張著大口撲向伊恩，被伊恩捏著臉蛋，在唇上吻了一口，灰飛湮滅。

一個搖搖晃晃的上班族模樣的大叔，維持著剛進公司的模樣，提著提包走至座位坐下，又站起再坐下。他見伊恩等人走來，憤怒撲去，被長門揚動銀撥斬成兩截後化成光煙。

「師弟……這些都是普通亡靈而已。華西夜市裡一堆道行更高的大鬼大妖，你還沒習慣嗎？」摩魔火在張意第八度被突然蹦出的惡鬼嚇得軟腿差點跌倒時，終於忍不住說：「你的驚嚇神經怎麼不會麻痺啊？」

「夜市那些人，又不會這樣突然衝上來嚇人……」張意揉著撞著桌角的腰，替自己抱屈解釋。

「黑夢會讓本來的遊魂變得更凶……」伊恩停下腳步，轉身在張意和長門額前虛畫兩道咒術，分別在他們額上輕點了點。

然後繼續帶著他們尋找上樓的樓梯。

不時出現的鬼不再叨擾伊恩一行人，即使偶爾目光相對，也沒什麼反應。

「咦？老大對我們做了什麼？為什麼他們不凶了……」張意忍不住問。

「這是『擬鬼術』。」摩魔火說：「老大怕你驚嚇過度撞壞魄質鐔子，在我們身上施下模擬野鬼氣味的咒術，他們聞不出你身上的人氣，也就不會刻意找你麻煩了……」

「正常來說是這樣。」伊恩望著前頭出現在廊道轉角的那個怪傢伙。

此時他們已經往上找了兩層樓，這層樓和底下那古怪混合空間又有些不同，漆黑陰暗的長廊比一般公寓寬闊，兩側是些住家大門甚至是老舊店面。

怪傢伙身高極高，比這層樓還高，因此他走在這猶如地下街廊道裡時，必須微微彎腰低頭。

他赤身裸體，巨大的身軀呈淺粉紅色，皮膚上有一塊塊詭異褐斑。

他的雙眼混濁，手腳極長。右手提著一把菜刀、左手拖著一個人，搖搖晃晃地往伊恩這頭走來。

伊恩腳步絲毫未緩，張意則盡量地往牆邊靠，但他偶爾經過一些店面，見到裡頭古怪遊魂，又會給嚇退回廊道中央。

怪傢伙走至伊恩面前兩、三公尺處一間光線稍亮的店鋪，眾人這才瞧清楚，讓那怪傢伙拖在地上的是個老人。

老人眼睛睜著，先與伊恩相望，然後趕緊閉上，像是裝死。

但下一刻，老人彷彿想到了什麼般，瞇著一隻眼往伊恩提著七魂那手猛瞧，像是發現了什麼，開始對伊恩等人擠眉弄眼起來。

「救……我？」張意見那老人嘴巴反覆動著，不停重複著相同兩字，像是在向伊恩求救。

「……」伊恩只是望了望那老人，沒有任何反應，默默地與那高大怪傢伙錯身而過。

怪傢伙面無表情地經過伊恩身邊，舉起菜刀就往伊恩腦袋劈來。

菜刀在伊恩後腦數公分處陡然停下。

張意離伊恩僅約一公尺，瞧得一清二楚，並非怪傢伙突然停下動作，而是伊恩背後竄出一個人形黑影伸手接住了菜刀。

伊恩低下頭，望著那老人。

「救我，拜託……」老人像是不敢驚動那怪傢伙般，盡量壓低了聲音。「你……你不是四指吧……救救我……」

高大的怪傢伙陡然跪地，他在兩秒內捱了自伊恩背後竄出的那黑影七記快拳。

「師弟，這是七魂之一——『無蹤』。」摩魔火拍著看傻了眼的張意腦袋。「過去他是老大眾多小跟班之一，擅長鬼影法術，還是個功夫好手。有他在，沒人能從背後偷襲老大。」

摩魔火還沒說完，怪傢伙的頸骨已讓無蹤折歪，胸前還被無蹤以快拳擊凹好幾個坑，轟隆撲倒。

無蹤一腳踏扁怪傢伙的腦袋，然後倏地貼回伊恩後背，消失無蹤。

「啊……啊啊……」老人呆愣愣地望著倒地不起的怪傢伙，一時反應不過來，怪嚷了幾秒後才回神，連忙掙扎站起向伊恩鞠躬道謝：「謝謝你、謝謝！啊……你們究竟是誰？你們不是四指，對吧……我……我可以跟你們一起走嗎？我……我不會礙事，你們是來救人的對吧？還是想逃出這地方？你們是協會的人嗎？你……你中毒了嗎？我……我帶著很多藥，我替你看看？好嗎？」

「你說了那麼多，卻忘了介紹自己。」伊恩無奈地苦笑，此時他因那鬼噬惡咒影響，全身全臉都漆黑一片，不用擬鬼咒也像極了鬼。

「我……我我我不是協會成員，但和協會算是合作過吧……」那老人尚未百分之百確定伊恩等人身分，像是有些遲疑不知該不該完全如實回答，他拍了拍背後那大背包，說：「我是賣草人，叫孫大海。」

03互助約定

張意拉下鐵門，解下背後那大罈子，拉了張板凳坐在鐵門邊。

這小店鋪空間不大，櫃檯裡擺著一盒盒稀奇古怪的廉價飾品、牆上掛著一件件流行服飾。

伊恩盤腿坐著閉目養神，他曾經是靈能者協會裡最強除魔師，脫離協會成立晝之光，成為所有四指成員心中恐懼的死神。但連日來他因肩上那鬼噬和煉手計畫，幾乎消耗全部的體力和心神，僅僅這段路程，便讓他疲勞至極。

孫大海蹲在伊恩旁邊，抓著腦袋望著伊恩肩上那鬼噬長釘；他只是種草人，不是醫生也不是專業除魔師，對這古怪邪咒一籌莫展。

一旁的長門檢視著孫大海自背包裡翻出的十餘包植物葉片，連連搖頭。這些東西大都是些提神醒智的回魂羅勒、恢復體力的肉丸子、驅邪治鬼的植物葉片和能夠畫符的竹葉。

儘管有些藥草也有驅毒治傷的效用，但可治不了伊恩肩頭那鬼噬。伊恩只是皺著眉頭吃了幾枚狀似小番茄的肉丸子，打了幾個嗝。

「我聽說過你。」伊恩望著孫大海。「協會台北分部不少符、不少藥，原料是你提

供的。」

「是呀。」孫大海連連點頭，他是靈能者協會台北分部藥材原料重要供應商之一，算是台灣北部的「種草大戶」，晝之光也對他略知一二，甚至有些晝之光成員還會私下向孫大海買草。

「我……我眞沒想到喲，這輩子竟然能夠親眼見到『光』的大頭目喲……」孫大海在得知救了自己一命的人，竟然是鼎鼎大名的晝之光頭目，可又是興奮又是激動，但一想連晝之光頭目也傷重至此，不禁更加憂心起來。

那晚他在黑摩組步步進逼下，施法讓整間房裡的神草黃金葛燃起大火，在火勢掩飾下啓動遁逃結界，將外孫女青蘋送入隔壁，自己則破窗誘敵。

「你說他們要搶你的『神草種子』。」伊恩問：「我曾見過你那種子長出來的樹，確實是好東西、有被他們盯上的資格。」

孫大海聽伊恩稱讚他那些種子，不禁有些得意，但隨即嘆起氣來，說：「本來我成功騙到他們囉，但中間出了點差錯，哎喲、哎喲……」

當晚，孫大海逃了一陣，見敵人緊追不捨，便使出備用計謀。他不僅在家中布置數道禦敵結界，便連居家四周、鄰近公園裡，都施下了以防萬一的逃生咒術。

他將追兵引入一處小公園，公園裡那數十株樹上，都有他施下的符法。他衝進公園小林間，在一株樹幹上拍了拍，數十株大樹立時落下一片葉海。

每一片葉子都晃出一個人形。

彷如一支小軍隊。

那是一支孫大海在公園裡準備的援軍。

上百個葉子人將數名黑摩組成員團團包圍。

自然，這符術葉人數量雖多，但在身負強悍邪術的黑摩組成員面前猶如沙包活靶。不到兩分鐘，上百葉人便給打毀八成，殘餘的葉人掩護著孫大海逃出公園，逃入對街巷弄。

黑摩組成員疾風般追去。

那對街巷弄中也有著和公園類似的布置——生於牆角的小葉、大小盆栽裡的各種植物、探出住宅圍牆的樹枝、鐵窗垂下的石蓮花，全都附著孫大海祖傳異術，一經發動，便跳出一個個花人、葉人，揮著軟綿綿的花瓣拳、踢著不具太大殺傷力的枝葉腿，替逃入巷子的孫大海抵擋追兵。

這些花人葉人全是孫大海在這數年間，偶爾想起便帶著一袋精製種子四處散步，隨意將種子灑在沿途經過的植物下。

那些芝麻大小的種子不會發芽，而是會鑽入土裡寄生在原有植物上，靠著植物裡的微弱魄質逐日成長，直到孫大海下達號令，便會現身護主。

孫大海便這麼一路將黑摩組追兵引到鄰近山郊處。

山上自然也有著相同的布置陷阱。

且數量更多出數十倍，若說公園、巷弄裡的花人葉人只是小隊伍，那麼這山郊野外的部隊便猶如大軍團了。孫大海在這兒周遭灑下的花葉士兵種子，可是其他地方加起來的十倍之多——

只不過在黑摩組成員面前，數千個花葉小兵跟一百個花葉小兵的差異，只在於耐性消耗的程度而已。

但其實，孫大海也不太清楚那些黑摩組成員究竟花了多少時間才宰光那漫山遍野的花葉士兵。

因爲他沒有親眼見著。

他根本沒有上山，甚至沒有逃進公園對街巷子。

他一直躲在小公園裡。

他在放出第一批葉子人時，便趁亂遁入其中一株樹下的特製結界裡。一個以符術變化出的假身變化成他的模樣，指揮葉人作戰，將敵人一路引誘至山郊深處。

孫大海在樹中結界躲藏一晚，透過山郊上那隨著花葉士兵現身而同時打上天的花瓣煙花，確定敵軍已經上山，也同時開啓他計畫的第二步——

他雖然讓假身代自己誘敵，但交給假身的那袋神草種子卻是眞的。

假身上山之後，指揮整山花葉士兵大戰一場，然後引火自焚，且說出孫大海預設的台詞：「你要搶我家種子，我就燒了它們，讓你們什麼也得不到。」

他知道那些黑摩組成員必會全力阻止假身燒燬種子，他們會成功從假身手中搶得那袋種子——

這是孫大海的目的，他聽說過黑摩組的凶殘和執著，唯有讓他們以爲計畫得逞，他們才會放手。

他那假身與先前造出的青蘋假身都是精心準備多時的符術道具，能夠仿化出極爲逼眞的血肉觸感，甚至氣味。

即便黑摩組要深究眞假，也一段時間，足夠讓他完成計畫後續步驟了。

他計畫的第三步，是在大樹結界裡等到天明，讓英武帶著青蘋離家，他再暗中跟蹤她倆，防止黑摩組埋伏襲擊。直至確定安全，再現身與青蘋會合，一同前往宜蘭求助他那老相好。

他不趁此時直接返家接應青蘋，是顧慮到黑摩組未必出動全員追他，必會留下一部分成員在他那花店翻箱倒櫃、檢視店裡其他奇花異草和栽植筆記、靈丹妙藥。

黑摩組成員並未見過青蘋本人。青蘋白晝時自隔鄰公寓門戶進出，即便黑摩組仍在附近留守，也未必會發現。

這計畫細節他並未告訴英武，他知道英武嘴巴大，若是說漏了嘴，或許會惹得青蘋氣急敗壞當街吼叫要外公滾出來，反而壞事。

然而，他這自認天衣無縫的逃脫計畫，走到第三步時卻失敗了。

他太老了。

若他再年輕個二十歲，或許能夠成功。

他在支援協會接手保管神草種子的這段過程中便受了傷，公寓一戰和沿途逃亡追逐，新傷覆上舊傷，已讓他心力交瘁。

他剛進大樹不久，便陷入高燒昏睡。

再次醒來時，時間已近傍晚，他甚至不確定青蘋和英武究竟離開了多久，僅能從大樹結界高處的窺視孔，隱約見到自家花店公寓頂樓那幾株能夠傳達訊息的植物的枝葉變化，得知青蘋和英武已經離家。

他想儘快追上青蘋，但連解開結界的力氣都沒有，他再次陷入漫長的昏睡，作了許多稀奇古怪的夢。

他夢到許多他過往的老相好，有的從年輕認識到老、有的等不及到老便已離世、有的是老了才勾搭上、有的兒女成群，還有的沒見他便吵著想見他，見了他又吵得不可開交……

「我這一生過得也算值得啦，就算死了也無憾啦……」

孫大海在樹裡笑著喃喃著這句話醒來，發了半晌呆，才想起現在無論如何也不能死，他還想看青蘋長大，想看她結婚成家。

如果可以，他還想親手抱抱自己的曾外孫。

他立刻明白這心願未免太大了，但至少此時此刻，他得保著青蘋平安。

他吃了點恢復體力的肉丸子，透過大樹結界的窺視孔偷瞧自家樓頂花圃，自那些傳訊植物的枝葉變化得知——黑摩組仍駐守在他那花店裡。

他動身前往車站。手機在一夜亂戰時不知丟哪去了，他甚至連當晚收拾行李時究竟有沒有帶著手機都不曉得。他也不記得青蘋的手機號碼，聯繫不上青蘋，好不容易想起宜蘭那老相好電話號碼，撥了通公共電話，卻只聽他那老相好說這幾天根本沒見著青蘋。

他急得像是熱鍋上的螞蟻，六神無主下，只能又躲回他那大樹結界裡。

那大樹裡雖不是最安全的地方，但至少能夠透過大樹高處窺視孔觀察樓頂花圃傳訊植物的枝葉變化，約略猜測黑摩組在他家中的動靜。

黑摩組的成員似乎將他那花店當成了據點之一，每日都有人留守。

「他們大概想花心思好好研究你那整屋子奇花異草。」伊恩聽孫大海說到這裡，隨口說：「你那地方或許留著不少栽種神草種子的筆記資料。」

「可能吧……」孫大海說：「另一個原因，是他們可能察覺到手的種子裡混了顆假種子。」

「假種子？」伊恩呆了呆，隨即會意，孫大海儘管爲了取信黑摩組，讓他們以爲已成功搶得種子而不致於對自己和青蘋緊迫追殺，但仍捨不得將全部的神草種子都奉送給黑摩組——

孫大海在五枚種子裡混入一顆假神草種子，那假種子在自焚大火燒起時，會一併自內燃燒起來；即便黑摩組撲滅大火，搶得種子，會發覺其中有顆種子燒得最焦——但還是能夠種出東西，且模樣誇張，只是能力自然遠不如其他神草種子。他覺得黑摩組或許會以爲那是種子燒壞了的緣故。

那時黑摩組即便起疑，也是好幾日後的事了。孫大海不認爲黑摩組眞有本事在第一時間發覺他用了假身和假種子，但自然也無法百分之百篤定；他沒聽說過黑摩組裡頭還有種草高手，但世界很大，要吸納一、兩個種草人才也不是太難。

「我將最後一枚神草種子，藏在自家附近的水溝裡。」孫大海這麼說。「我一直不離開那大樹，也是想趁他們疏於防備時，返家取回那枚神草種子。如果成功種出神草，或許能夠與那些惡棍一拚；如果他們害了我外孫女，我也要親手替她報仇。」

但黑摩組進駐孫大海那花店及整棟公寓，這讓孫大海一直沒有機會取回種子，只能繼續躲在樹裡養傷。

又過了幾天，孫大海發現公園四周的模樣開始產生變化。

黑夢壓境了。

他靠著回魂羅勒葉片的效力維持心智，直到他終於覺得自己不能繼續躲在這樹裡了——本來的公園已經讓黑夢增生亂長的建築群吞噬包圍，他藏身的大樹被埋入一棟古怪房子，那古怪房子裡天花板裝了個吊扇，吊扇下垂著一個人。

那人成日晃來晃去，孫大海終於忍不住逃出大樹，在鼻子裡塞著兩枚回魂羅勒、口中嚼著一把羅勒葉，驚恐地逃出那怪房子。

怪房子外是更大的怪房子，有曲折交錯的廊道、各式各樣的門。

有些門打開會見到鬼，有些門打開還是門，有些門打開是古怪房間。

他在這古怪建築裡迷路許多天，累了就躲入怪房間休息，餓了就吃點肉丸子；有時他打開的一些門後是常世商店，若有眞的食物，他也會隨口吃點，還帶些在身上。

他偶爾會見到一些活人。

那些活人三五成群、全身赤裸，像是機械般列隊前行，不知要去哪兒。

他只知道自己若非靠著帶在身上的回魂羅勒醒神，或許就會跟那些人一樣，傻乎乎地脫去衣服，加入隊伍。

他雖然同情那些受制於黑夢的人，但當下卻也束手無策；他帶在身上的回魂羅勒雖多，但弄醒了那些活人，也帶不走他們，騷動會引來更多鬼怪甚至黑夢衛兵。他只能眼睜睜地看著那些活人列隊走入奇怪暗巷的深處。

「我只知道自己走了很久，卻不知道自己走了多遠，可能都在原地兜圈圈也說不定。」孫大海說：「然後，我就碰到那怪傢伙了……他宰了好多人，本來應當也會宰我，但我用了假死草，身上沒有人味也沒有鬼味，那傢伙可能覺得我不像人，把我當成了玩偶公仔吧……」

孫大海被那高大的怪傢伙拖行兩日，盡量不吭聲。那怪傢伙幾乎不曾休息，平時拖著孫大海在漫無邊際的建築群裡亂繞，沿途遇上鬼怪或是活人就揮菜刀亂斬，斬完就抓起吃下肚。

「直到碰上你們……」孫大海吃著肉丸子，望著伊恩。「書之光大頭目呀，現在究竟發生了什麼事呢？」

「這若要仔細講……」伊恩苦笑說：「恐怕要講三天三夜了……不過，我有個提議。」

「你那花店，應該離這裡不會太遠。」伊恩說：「如果他們還沒發現你那神草種子，或許還有機會取回來……我幫你取回種子，你幫我照顧這兩個小傢伙。」

「照顧他們？」孫大海呆了呆，望了望張意和長門。「你書之光大頭目的手下，還要我這老傢伙照顧？」

「他們一個聾啞不會說話、一個剛入門不到一個月。」伊恩笑著指著長門說：「這是我養女，身手不是問題，我會交代她幫你找回外孫女。你外孫女叫什麼名字？」

「啊！」孫大海聽伊恩竟願意幫他尋找青蘋，不禁大喜，對伊恩連連鞠躬說：「她跟我姓孫，叫青蘋，青蘋果的青蘋。」

「孫青蘋。」伊恩點點頭。「很可愛的名字。」

「她不只名字可愛，人也可愛，乖巧懂事，就是……就是脾氣倔了點。」孫大海興奮地說，突然覺得有些不對，便問：「大頭目，你……你這口氣，怎麼像是、像是……」

「像是在交代後事一樣。」伊恩大笑，說：「確實是這樣，我再過不久，就要死了。」

「什麼！」孫大海駭然大驚。「你會死？你肩上那東西這麼厲害？」

「這東西眞的很厲害呀……」伊恩嘆了口氣，舉起左手。「我的魂，將會轉移到這隻手上；我這隻手會繼續拿著七魂，斬下安迪的腦袋。」

「只、只有手……怎麼斬腦袋？」孫大海不解地問。

「他會替我拿著手。」伊恩瞅了張意一眼。「他的體質特殊，完全不受黑夢影響，他會成爲我的腳、我的眼、我的口和我的身體。」

「什、什麼……老大，你……」張意在門邊也發出驚呼，顫抖地站起身，連連搖頭。

「你要我當你的身體？你怎麼之前都沒說過，我……我……我沒這麼大本事啊！」

「你不想幫我？」伊恩望著張意，嘆了口氣。「那你走好了，我不勉強你。」

「我能走去哪啊……」張意哀號地抱著頭跪下。

「師弟啊……」摩魔火說：「你還沒認清事實嗎？當你被邵君盯上的那一刻，你的人生就已經改變了，這段時間如果沒有伊恩老大罩著你，你早就被邵君逮著了。你以爲當時你逃進捷運裡就可以遠走高飛了嗎？黑摩組的人會找到你，把你生吞活剝。你絕對不想知道那女怪物怎麼對待不聽話的俘虜的。」

「……」張意伏在地上、六神無主。「至少、至少我能平安玩一陣子……過幾天算幾天啊。台灣有那麼多人，他們一個一個害，輪到我也要很久吧……」

「他只是嚇傻了。」伊恩見孫大海望著張意的神情裡微微帶著幾分鄙視，便苦笑著說：「我們實在沒資格要求圈外人一下子就投入我們這世界。慢慢來，不急……」

「唉……」孫大海嘆了口氣，說：「大頭目你只要開口說一聲，我這老命算是賣給你了。你替我找青蘋，我替你照顧他倆。這種時刻，人不彼此幫忙，也甭當人啦。」

「聽見沒有，師弟。」摩魔火拍著張意腦袋。「你得學著當個人。」

「……」張意倚著鐵門默然無語。只覺得大家說的道理他不是不明白，但這些時日以來，他都是在受到逼迫下行動，完全沒有自由，心中總是有種難以言喻的委屈，他喃喃地說：「從我眼睛睜開來，我爸爸教我的，就是躲債主；我叔叔教我的，還是躲債主……

我哥哥從小教我怎麼逃跑才不會被壞人抓到，我從小到大最厲害就是玩捉迷藏……仔細想想，還眞沒有人教過我怎樣當個『人』……」

「那很好啊。」摩魔火說：「現在有我、有伊恩老大、有長門小姐，我們都願意將你當成家人，我們都可以……」

磅——

巨大的震動自鐵捲門發出。

嚇得張意整個人從地上蹦起後往前撲倒，滾了兩圈摔在伊恩身旁。

「是剛剛那傢伙。」伊恩哼了哼。「比我想像中耐打。」

鐵捲門喀啦啦地自那投信口被硬生生撕開。

站在外頭那高大怪傢伙的腦袋整個是扁的。

怪傢伙口鼻還淌著異色血液，凶狠地將鐵門裂口撕扯得更開，想要擠進來。

長門持琴撥弦，幾道銀流倏地鞭去，將那怪傢伙打飛撞上對面店鋪。

「你可以看看我養女的身手。」伊恩向孫大海挑了挑眉。「你的神草力量加上她的身手，要救出你孫女不是難事。」

伊恩正說著，長門已經持著三味線走出這小店鋪。對面那怪傢伙又站起身，高舉起雙臂要揮打長門，拳頭還沒打來，一雙長臂便讓長門彈出的銀刃斬飛。

叮叮錚錚、錚錚叮叮——

琴音清脆響動，銀光閃耀，那怪傢伙像是撞進了電宰機器般，一下子變成了十幾塊碎塊。

「嘩——」孫大海看傻了眼，連忙說：「我、我當然願意爲大頭目你赴湯蹈火……只是大頭目你這養女三兩下就宰掉這抓我兩天的怪物，我這身破爛功夫……就怕完全幫不上忙，甚至要扯她後腿啦。」

「別這麼說。」伊恩笑著說：「年輕人見識不夠，需要你的經驗。這兩天還好，再過幾天，或許得靠你幫著他們對付我……」

「對付你？」孫大海不解地望著伊恩。

「應該說，對付這東西……」伊恩指了指肩頭上那鬼噬長釘，說：「這東西恐怕會比我的手更早成熟，到時候他們會完全佔據我的身體，我需要你出點主意，帶領他們對付這些傢伙。」

「走吧。」伊恩撐起身子，長長吁了口氣，說：「趁我還有力氣的時候，替你取回神草種子，順便讓張意見識一下他以後的夥伴。」

伊恩說到這裡，對張意揚了揚手上七魂。

張意見眾人準備啓程，儘管害怕，也只能急急跟上，手忙腳亂揹上那大鐔子，唉聲嘆氣跟在伊恩後頭。

他雖然不敢想像自己拿著伊恩的手斬下安迪腦袋，會是多麼艱辛恐怖的歷程；但若現在不跟著伊恩也無處可去，他可不想自己一個人在這鬼地方漫遊。

04日不落老屋

廂型車緩緩駛著，自逃離鴉片之後，經過了數十分鐘。

一路上遇見的車禍超過二十起。

盧奕翰小心翼翼地駕車，就怕四周那隨時衝出街道的汽機車。

轟隆一聲巨響，前方路口又是一起嚴重車禍，一輛機車和計程車撞個正著。

機車騎士腦袋撞進了計程車擋風玻璃，機車後座的女孩飛了起來，重重摔落路面，和那四散的機車零件滾成一團，她的腹部被破裂的機車零件割出駭人裂口。

「寶貝，摔車了、摔車了……」

她努力地站起，朝卡在擋風玻璃裡的機車騎士男友走去；儘管步履蹣跚，但她的表情像是一點也感覺不到疼痛般。

「哈……哈哈……」機車騎士用手推著擋風玻璃，像是想將頭抽出，但他頸椎受傷嚴重，趴在車頭扭動一會兒，便不再動了。

計程車駕駛開門出來，看了看機車騎士身子，再看看那肚破腸流的女孩，兩人互相點了點頭。「撞車了。」「對呀，哈哈……」

「把他弄出來，我還得送乘客上班。」「好，慢慢來……」計程車駕駛跟女孩合力將機車騎士拉出擋風玻璃。

「寶貝、寶貝，你說話啊？你死掉了嗎？」女孩搖了搖男友，見他毫無反應，便不再喊他，而是放下他，虛弱地站起。腹部裂口淌下的鮮血將她的牛仔褲染成了黑紫色。

「哈哈。死了嗎？不要緊，男友再找就好了。」計程車駕駛搖搖手，上車踩下油門，離去。

「嗯……對啊，男友再找就有了……我也要……去上班囉……」女孩從地上撿起隨身包包，往公司的方向走。

數秒之後，她也倒了下來。

剛剛那計程車，也在下一個路口撞上一輛公車。

「……」盧奕翰望著前方道路上的奇異慘景，忍不住恨恨地唾罵起來：「我操他媽的鴉片、操他媽的安迪，他們竟然把世界搞成這樣……眞是、眞是……」

「黑夢外圍的力量好像變強了……」夜路在後方車廂裡整理那因翻車而摔落一地的電腦設備，將主機擺回原位、接好線路後，試著重新開機。

「這些車禍都是黑夢造成的？」青蘋和英武湊在車窗旁，無法置信地望著外頭那不停發生的各種怪象。青蘋驚恐地問：「那些出車禍的人，像是……像是什麼事也沒發生一樣……」

「對啊。」夜路說：「黑夢能控制人的意識和五感……如果警戒心、痛覺、驚恐慌亂這些本能都消失了，不管遇上火警還是車禍，甚至是殺人事件，大家都不當一回事。本來我們以爲這情況只會發生在核心地帶或是接近核心地帶的地方，但實際上的影響範圍好像超出我們想像……」

「也就是說……」青蘋回頭，不安地問：「現在整個台北，完全變成無法治地帶了？軍隊、警察、消防隊員……全都不會有任何反應了。」

「應該說……如果所有人對任何本來會害怕、緊張的事情，都不再有任何反應的話，就不會有人想要報警，警察當然不會有任何行動……」夜路無奈地說：「政府機關、新聞媒體、軍隊也一樣，所有被黑夢淺層地帶覆蓋到的地方全都痲痺了。現在外界不會發現這座城市裡發生的異變，因爲裡頭的人對任何事都不感到奇怪，不會向外求助；外頭的人一進來，也立刻受到黑夢影響……」

「夜路，你覺得現在黑夢擴散到哪邊了？」駕駛座上的盧奕翰問，還順手捏起兩片回魂羅勒塞入口罩裡，就怕自己也受到影響。

「我怎麼會知道……」夜路搖搖頭，跟著又說：「看看現在這情況，整個台北應該都受到黑夢外圍力量影響……」

視訊開通，秦老的畫面出現在液晶螢幕上，畫面裡所有人臉上都是驚恐和無助。

盧奕翰停下車，回頭攬著椅背頭枕，望向螢幕。

各式各樣的消息一路回報進秦老那據點，大多是各地機動據點回報平安。

秦老默默無語，何孟超氣急搥桌；另一旁還有一個小組，正將彙整後的情資上報給倫敦總部。

二十分鐘過去，自台北各地回報平安的機動據點，僅約半數左右。

另一半數十人則完全失聯。

「我們……又被安迪將了一軍嗎？」秦老望著手中的茶杯。

大夥從各地傳來的那些零碎情報，大致拼湊出整體經過——

各國四指殺手計畫在西門町周邊打造一圈「封鎖線結界」，阻止黑夢持續擴散。但黑摩組先下手為強，搶在封鎖線完成前，強攻下幾個原本被視為封鎖線重要據點的結界。

其中之一，就是華西夜市。

這些據點結界，大都擁有豐碩庫存魄質，黑夢併吞了這些結界，力量一下子增加數倍，範圍也急速擴大，籠罩更多的地、更多的人和生靈——

範圍越大，力量越強；力量越強，範圍更大。

「總部要我們撤守台北。」秦老在那對外小組桌邊駐足半晌後，新倒了杯茶，返回座位，緩緩地說：「所有成員退到中部，拉出一條橫向封鎖線。」

「什麼？」盧奕翰和夜路相視一眼。

「要我們棄守整個北部？」「那還困在裡面的夥伴怎麼辦？」「這些人怎麼辦？」

各地機動據點都騷動起來。

「對。倫敦要我們選擇棄守北部，或者棄守整個台灣。」秦老說：「協會幾支援軍已經抵達台灣北部附近海域了，但不敢上岸；黑夢目前的力量，還不夠跨出海洋，援軍會在近海處設下幾個據點，阻止黑夢往海外擴散。」

各地機動據點再次抗議：「這樣還叫援軍！」「英國那些金毛仔覺得我們黃皮膚人的命不值錢嗎？」「他們只想讓黑夢停留在這島上就足夠了！」

「只要我們能成功拉出一條橫向封鎖線擋下黑夢往南部擴散，第二批援軍就會從南部上岸，北上支援封鎖線。這樣，我們還可以保下半邊台灣。」秦老這麼說：「或者，你們也可以選擇全力進攻核心地帶，一舉殲滅黑摩組、逮住安迪，打爆他腦袋。」

「我沒意見。」秦老淡淡地說：「大家表決吧——」

「各位！」何孟超像是強忍著怒氣，站起身來，說：「我跟你們一樣，痛恨倫敦老頭們的決策、痛恨他們的遲鈍。但——這個計畫，是目前唯一可行的方案。以我們現在的力量，進入黑夢核心地帶也是送死，而且會讓黑夢更加壯大。接下來，我們兵分二路，我另外帶一批人在黑夢裡持續尋找失聯的夥伴，其他人跟秦老往中部尋找合適的地點，拉出橫向封鎖線——」

何孟超氣呼呼地說完，各地機動據點儘管持續憤慨騷動，卻也不再有異議。沒有人有信心能夠強攻核心地帶，黑夢能夠吸取範圍內的生靈魄質，每次失敗的攻打，都讓黑夢飽食一頓，使它更加壯大。

「在棄守之前，你們還要做一件事。」秦老跟著說：「我要你們撤走北部所有止戰區結界，切斷一切能讓黑夢更大的魄質來源。」

「什麼？」青蘋坐在車尾，對秦老這指令聽得一頭霧水。

「啊……」夜路抓著頭，像是已經聽懂了。

□

午後的小巷弄裡停著一台大貨車，附近停著數輛小廂型車。其中一輛廂型車車身有幾處凹陷，特別破爛，敞開的後車門裡碧綠一片，爬著滿滿的黃金葛。

青蘋三人昨晚逃離鴉片魔掌之後，休息一晚，在午後時分來到這小巷，領取協會最新行動的所需物資。

「這是什麼？」青蘋望著盧奕翰從卡車那兒幾個人手中抱回來的這三大箱東西。

「這是掃把星。」夜路將那三大箱東西推至角落，拿美工刀揭開其中一箱，取出一個巴掌大的黑色小軟盆。

青蘋和英武對那黑色小軟盆都不陌生，那是常見的園藝用品，用來種植菜苗、花苗的便宜容器。

讓他們疑惑的，是那黑色小盆裡種著的並非什麼稀奇植物，而是幾簇短短的青草。

「這算什麼盆栽，只是野草啊。」英武落在那大紙箱邊，見箱子裡那幾十盆小黑盆，全是這種短草。

「什麼野草，這些掃把星是越南河內分部提供給我們對付黑夢的祕密武器。」盧奕翰揮手趕開英武，冷笑說：「還是這些亞洲分部講義氣，有些人已經到台中據點待命了，就等秦老過去會合……至於倫敦那些紳士淑女……哼哼！」

「掃把星？」青蘋接過一只小盆栽，只見盆栽裡那株草，看上去跟尋常野草一點也沒有差異，那就像是隨手從公園草地上拔起一株草插進盆子裡一樣。

「別小看這東西喔。」夜路說：「它能夠消耗環境裡所有的魄質。先是土地裡、空氣中的游離魄質，跟著是生靈肉體自然透出的魄質。這也是它叫『掃把星』的緣故。擺在人旁邊，會讓一個人逐漸虛弱，做什麼事都提不起勁。」

「什麼？」青蘋呆了呆，連忙將那掃把星放回箱子裡。

「別怕。」夜路說：「這些草上都下了封印，要解開之後才會生效；而且協會也有抵抗掃把星的藥，吃下那些藥，就不會受到掃把星影響。」

「這些掃把星經過改良。」盧奕翰補充：「它會優先吸取結界能量，只要把掃把星擺在結界裡，解開封印，就會變成結界破壞者。」

「沒錯。」夜路又說：「掃把星看起來像是野草，實際上也跟野草一樣，生命力旺盛，長得超快，這一小盆種進土裡，沒兩個月就會長出一大片。」

「所以……」青蘋哦了一聲，說：「所以我們在撤離台北之前隨地種下掃把星，就能從內部消耗黑夢的能量。」

「對。」夜路說：「不過……已經有一批人在負責這個任務了。我們這三箱草，是要用來處理，嗯……一些老朋友的家。如果有剩，再來隨便種吧。」

「老朋友？什麼老朋友？」青蘋不解。

「去了就知道囉。」夜路望著盧奕翰：「阿彌爺爺應該最難搞，最後再處理。這邊離小蟲哥比較近，還是離幼稚園比較近？」

「幼稚園近。」盧奕翰若有所思。「但先去找小蟲哥吧。」

「同意。」夜路點點頭。「先去弄幼稚園，或許小蟲哥一火大就不走了。」

「小蟲？阿彌爺爺？幼稚園？」青蘋仍聽得一頭霧水，這些天她確實聽他們偶爾提及這些名字，但細節一時卻也想不起來。

夜路和路邊那大卡車上的協會成員揮了揮手，拉上車門，自車窗還可見到遠處又兩輛機動據點開來，向卡車上的成員領取掃把星。

盧奕翰發動引擎出發。

這輛後車門和側門都被踢得凹陷破爛的廂型車，再次開往新地點，展開協會發下的最新任務——

堅壁清野。

在成員撤離北部前，要撤除大部分會被黑夢當成食糧的各種結界。

在那些結界中，多的是居住了數十年甚至超過百年的老妖老怪或是異能者，他們將自己的結界當成家、當成世界的全部。

□

廂型車停在漆黑的夜巷深處。

外頭是條冷清的商店街，這位在商店街裡的隱密小弄自然更加冷清。

接連幾家商店看上去都像是歇業許久，大都招牌毀損、窗上自內側貼著舊報紙、門上也貼著封條。

盧奕翰領著夜路和青蘋繞入這排廢棄商家後面的防火窄巷，踩著細長水溝兩側往前，來到一處破舊小鐵門前。

那是處廢棄商家的後門。

門上鎖著把鏽蝕鎖頭。

盧奕翰伸手在門上敲了敲，那是一陣有節奏的暗號。他敲完這陣暗號，跟著喃喃唸出幾句咒語，再敲了敲門。

本來的暗紅色小鐵門，變成了青綠色小鐵門。

兩道小鐵門除了顏色不同之外，倒是都鏽蝕嚴重。

不同的是，這青綠色的小鐵門上沒有鎖。

盧奕翰推開門，透出和煦陽光。

「哇！」青蘋被這迎面灑來的舒服陽光曬得嚇了一跳，抬手擋在臉前，跟著盧奕翰和夜路踏入門裡。

青綠色小鐵門後，是一座小小的庭院；這小庭院並不漂亮，一張小桌邊堆著一些酒瓶，角落有個大垃圾桶，垃圾桶裡的垃圾滿溢到地上，垃圾桶旁還堆著好幾大袋垃圾。

儘管如此，但庭院那株老樹透下的點點日光，卻讓三人覺得舒適怡然。這兒不是個漂亮的觀光景點，倒像個邋遢而溫暖的自家後院。

小庭院另一邊，是間舊式平房，窗是木框玻璃窗、牆是磚造抹泥。一旁有扇青色木門，門上貼著些古怪春聯，寫著「不醉不歸」、「恭喜發財」、「天下太平」等歪七扭八的毛筆字。

木門旁懸著一只小名牌，上頭寫著「刺青大師小蟲」六個字。

「啊！」青蘋見那「刺青大師」，終於想起小蟲這個名字，她喊著盧奕翰：「小蟲就是幫你身上刺青的那位大哥。」

「是啊。」盧奕翰點點頭，在門上敲了幾下，推開門。

每個異能者體質不一，共通點是驅動體內魄質作爲各種法術的能量來源。

盧奕翰體質特異，他的身體被圈內人稱作「大水壩」，體內的魄質無法離開身體，沒辦法像其他異能者那樣放術施法。

他進入靈能者協會之後，經協會介紹，來到了刺青師小蟲這地方。刺青師小蟲在他全身上下刺下特殊刺青，那些刺青配合專屬咒語，能夠將體內魄質在皮肉骨骼中凝聚，使之強韌猶如鋼鐵。這就是盧奕翰少數能夠使用的能力——鐵身。

「小蟲哥怕黑，他不喜歡晚上。」夜路跟在青蘋身後進門。「所以他的結界裡，終年白晝。」

「你這些話被他聽見他會發火。」盧奕翰轉頭瞪了夜路一眼。「他不是怕黑，只是喜歡陽光。」

「有差別嗎？」夜路攤攤手。

他們穿過一條窄廊，踏過嘎吱吱的木頭地板，來到刺青工作室。裡頭堆著大小紙箱，一箱箱裝著書、裝著相片、裝著各種刺青工具。

「是誰？」一個男人聲音自外傳來。

「是我們，小蟲哥。」盧奕翰連忙喊：「奕翰跟夜路。」

「終於來啦……」一個看起來像是混混的邋遢男人，哼哼地叼著根菸走到工作室門邊。他穿著白色短T、外頭套著件羽絨背心，像是即便在寒冬時節，也非得要展現他那雙胳臂上的華麗刺青一般。

「操！」男人見了盧奕翰和夜路劈頭就罵：「我操你們這些協會廢物幹什麼吃的，一個黑摩組就把你們搞得天翻地覆！他媽的要我搬家，廢物、一群廢物！操——」他罵到一半，見到站在夜路身後的青蘋，便突然收去怒容、換了語氣，摸摸鼻子，說：「還有別人，怎麼不早講……」

「他就是小蟲哥。」夜路向青蘋和小蟲介紹了彼此：「這是我們的新夥伴——青蘋，她是賣草人孫大海的外孫女。」

「哦，孫大海。」小蟲望著青蘋，說：「妳是孫大海的外孫女？妳外公身體怎樣？我前兩年還一口氣向他買了一堆彩色草，他的草品質很好，做出來的顏料特別漂亮。」

「原來你認識我外公！」青蘋見小蟲原來也是孫大海的老顧客，還稱讚外公種的草好，不由得有些親近感，但隨即又有點感傷，她說：「我外公失蹤了，黑摩組的人來搶他的種子，他帶著種子逃跑，到現在音訊全無……」

「什麼……」小蟲轉頭，瞪著盧奕翰和夜路，扠著手又怒罵起來：「你們這些廢物……靈能者協會這麼大的勢力，金主是全世界各國政府，竟然搞不定一個安迪？我操……」

「就是說嘛！」夜路大力點頭附和，拉著青蘋站到小蟲身邊，對著盧奕翰搖頭嘆氣。「害我們這些無辜異能者受到牽連，冒著生命危險陪你東奔西跑，唉，我都不知道該說什麼了我……」

夜路話還沒停，便被小蟲一把推回盧奕翰身邊，瞪著他說：「我操，你這爛傢伙還不是靠著跟協會關係良好的陳老闆罩你。你以為你寫那鬼東西眞有人想看？奕翰也是你帶進協會的，你靠替他們仲介協會案子撈了不少錢，還好意思說這種屁話！」

「小蟲哥，你竟然對我說出這種傷人的話——」夜路大聲抗議：「我的作品當然有人愛看，不但愛看，還愛到不惜一切代價想要成為我故事裡的主角，他……」

「我操！你們到底是來幹啥的？比我還囉嗦！」小蟲隨手抓起兩個空箱子就往夜路和盧奕翰身上砸，大吼：「幫忙啊！廢物——」

「……」青蘋拉開抽屜，將一瓶瓶刺青顏料用氣泡紙包好，整齊放進盒子裡，再將一盒盒顏料放入大箱，她猶自聽身在二樓的小蟲不時唾罵協會的無能。

不論小蟲罵得多難聽、甚至朝他們扔擲垃圾、雜物和紙箱，盧奕翰和夜路也絲毫不敢回嘴，而是擠著笑容東一句「小蟲哥息怒」、西一句「小蟲哥歇一下，讓我們來忙就好」。

「那個……」青蘋忍不住低聲問：「小蟲哥爲什麼氣成這樣？」

「這地方是他爺爺家……」盧奕翰一面打包雜物，一面說：「小蟲哥以前也算是台灣北部鼎鼎有名的異能者。那時候靈能者協會在台灣組織鬆散，全靠秦老一個人帶領一堆雜魚四處奔波，處理各種妖魔案件。以前四指在台灣勢力反而更大，甚至結合在地角頭、外地黑道，成天鬧事欺負人。」

小蟲的爺爺和小蟲其實沒有血緣關係。

小蟲是被扔在路邊差點凍死的孤兒，被他爺爺收留。

他爺爺沒有妻子也沒有兒女。

少年時的小蟲個性剽悍，被四指或流氓，或是四指裡的流氓欺負了，一定要討回來。

當時他每天都有打不完的架。

他的背上，有他年幼時爺爺替他刺上的奇異圖紋。

據說那圖紋能夠引出他體內潛能，讓他打架時受下的傷能快速復元。

小蟲仗著這身奇異體質天不怕地不怕，有時早上吃完飯出門打場架再去上學，有時放學後打完架才回家吃飯，有時吃完晚飯出門打一架再回來向爺爺討宵夜吃，順便報告戰果。

他那打過仗的爺爺從來不阻止他打架，只是告誡他三件事：一不能欺負好人、不能仗著自己厲害就霸凌弱小；二不能趕盡殺絕，要留條活路給人，不能打殘打死人；三不能逞強不怕死，打架不是打仗，打不贏最多躲回家哭，哭累了睡醒了再去打一場。

小蟲悍歸悍，個性倒也夾雜幾分精明，始終將爺爺這三項原則謹記在心，並未惹出過天大麻煩。

爺爺最愛在夜裡乘涼時，向他講述各式各樣過去在遠地家鄉村子裡碰到妖魔鬼怪的奇聞異事，要他當個頂天立地的男兒漢，打跑壞人跟壞鬼。

小蟲從少年時期打到青年時期，在街坊鄰居間打出口碑，附近吃過小蟲虧的地痞惡棍忌諱他爺爺軍警背景，不敢正面尋仇，便找了四指幫忙想暗中襲擊，卻仍舊被小蟲打得雞飛狗跳——小蟲爺爺不但有軍警背景，也是一名與協會關係良好的異能者。

小蟲打著打著，打出自家村鎮、打遍整個台北、打出越來越多仇家，也打出幾個志同道合、生死與共的好兄弟——他們有的是南部農村子弟、有的是書香世家、有的出身家族經營的空手道館。

幾個青年性情不同、信仰不同，甚至連政治傾向都不同，但有兩個共同點——嫉惡如仇，外加喜歡打架。

幾個年輕傢伙起初在不同的戰場上碰頭，甚至互相挑戰，但更多的時候是聯手對付相同敵人——四指。

聯手久了、互戰久了，就變朋友了。

他們四人搞了個小團體，還替那小團體找了個祕密基地。

當年台灣有許多類似的小團體，靈能者協會靠著與各地這類保家衛里的小團體攜手合作，一步步將四指打進見不得光的陰暗角落，逐漸取得政府信任，進而成立規模更大的正式組織。

「他爺爺雖沒有正式加入協會，但一直和協會往來密切，在政府認可協會之前，協會資金不足……」盧奕翰說：「小蟲爺爺將老年時替人刺青賺來的錢、連同過去的薪餉積蓄，全都捐給了協會，只希望協會在這個地方落地生根，成爲能夠阻止四指勢力擴散的力量。」

小蟲爺爺過世後，這老舊刺青店連同附近矮房面臨拆遷改建，協會派出結界高手，將這老宅封入土中，並將能夠進出這結界的法門訣竅教給小蟲。

「操他媽你好意思講——」小蟲的怒吼自二樓劈下。「那死老頭子什麼都給你們了，沒留一毛錢給我，你們只給我這鬼結界！這些年我幫你們刺青、幫你們打鬼、幫你們打四指，也沒跟你們收一毛錢，現在你要來拆我老家，要拆掉我爺爺留給我唯一的東西啦！我操你個協會，廢物、一群廢物——」

小蟲怒罵，捧著數大箱東西下樓，還踹了這刺青工作間木牆一腳，罵：「樓上東西都打包好了，滾上去給我搬下來！」他罵完，捧著箱子出門，外頭巷裡有他的小卡車，在盧奕翰等人來訪前，小蟲已獨自打包了許久。

「小蟲哥，眞的很感謝你。」盧奕翰捧著幾大箱東西，與置物回來的小蟲錯身而過。「我們本來以爲……」

「以爲啥？」小蟲怒眼圓瞪。「以爲我不肯走是吧？操，當我釘子戶？當我吃飽了撐著？我不走留在這裡幹嘛？等著被那些瘋狗找上門幹啊？」

工作間裡，青蘋將最後幾包箱子貼上膠帶，問夜路說：「一定要破壞這裡嗎？不能留下來，或許以後……」

「不不不。」返回工作間的小蟲連連搖頭，他對青蘋說話便客氣許多。「秦老已經通知過我了，越南來的掃把星是吧……多擺幾盆。舊的不去、新的不來，這是我爺爺的地盤，他生前最恨那些鬼傢伙，我不會讓那些瘋狗踏進這個地方一步。」

四人將最後幾箱雜物搬出這永不日落的刺青店，一一放上卡車，鋪上帆布，以繩索捆實。

盧奕翰和夜路從廂型車上搬出一箱掃把星，兩人相望幾眼，尷尬地來到小蟲面前，問：「呃，小蟲哥，你想親自動手，還是讓我們來？」

「隨便啦、隨便啦，都行啦……」小蟲抽著菸、揮著手。「你們自己搞吧，老子忙好幾天了，很累。」

「好。」盧奕翰和夜路、青蘋將那箱掃把星捧進刺青店。

盧奕翰和夜路將一盆盆掃把星，放入刺青店二樓閣樓和刺青工作間，青蘋則拿著鏟子將幾盆掃把星自盆裡取出，種入庭院土裡。

跟著她又取出一張符籙，唸出一段咒語，那符籙立時燒成一片盈亮亮的青色光塵，在幾株掃把星草間緩緩流溢——

封印解除。

這些長得和雜草一模一樣的掃把星在封印解開後，將會吸取結界魄質能量，直到結界崩毀化散，進而開始吸取周遭游離魄質甚至生靈魄質——

越南原生的掃把星極難根除，甚至長年危害人畜健康，但這經過改良的掃把星，能夠藉由符術控制其機能。一旦不再需要掃把星時，只要出動人員重新施術，便能關閉這些掃把星消耗魄質的機能。

小蟲本來佇在巷弄裡卡車邊抽菸，焦躁地唾罵不停；跟著他又繞到那結界入口防火巷，呆望那隱隱透出青綠小門的柔和日光。

他終於忍不住往前走，想看看那充滿了他過往時光的日不落世界最後一眼，他剛走出兩步，盧奕翰、夜路和青蘋便走出青綠色小門。

小門透出的日光幻影，開始像是被風吹著的燭火般搖曳起來。

「呃……小蟲哥，你還有東西忘在裡頭？」盧奕翰見小蟲瞪大眼睛站在他前面，抓著頭問。

「……」小蟲望著那青綠色小門的影像逐漸渙散，默然不語半晌後搖搖頭，轉身往防火巷外走。「沒有。留在裡面的都是些不值錢的垃圾……」

「值錢的，我放進這裡了。」小蟲指指自己腦袋，走出防火巷，在卡車邊又點了根菸大口抽著，隨口問：「第二個地方，是花花幼稚園？」

「嗯。」盧奕翰點點頭，說：「那地方也是你的地盤，所以我們先來這裡，看你……要不要一起去，看看有什麼東西想帶走。」

「沒。」小蟲隨手扔下菸，開門坐上卡車。「老子沒那麼婆媽，你們自己搞定就是了。」他說完，又探頭出窗問：「有時間搞這些屁事，不如想辦法把賀大雷弄出來，他受困多久了？」

賀大雷，是靈能者協會台北分部四大主管之一。

是小蟲過去那幾個好兄弟之一。

他在分部帷幕大樓受到黑摩組襲擊後下落不明，至今音訊全無。

「好幾十天了……」盧奕翰說：「這段日子我們失去了很多人，我們每天都在找那些失聯的夥伴。賀主管是好主管，我們會盡最大的努力救出他……」

「操……」小蟲握著卡車方向盤，咬牙切齒，像是有滿腹怒火無處發洩。他唾罵幾句髒話後又望向盧奕翰，說：「你跟秦老講，我改變主意了。」

「老子好久沒打架了，我一面安頓這些家當，還要找時間練練身體；我這輩子乖乖聽那老頭的話，打架也要留餘地、不要趕盡殺絕……不過現在老子想破戒了。」小蟲發動引擎，說：「有安迪的消息，通知我。」

「是。」盧奕翰點點頭，和夜路、青蘋站在清冷巷弄裡，望著駛去的卡車。

05曾經的祕密基地

「師弟，穩著點、穩著……」摩魔火攀在張意手上，搓著兩隻毛足，搓落幾根紅毛；紅毛落入玻璃瓶，在瓶中閃耀紅光。

張意一手握著瓶口，一手握著瓶身，盯著瓶子裡那流轉光芒。

是火。

摩魔火的火。

「幾根了？」伊恩將七魂當成拐杖撐著身子前進，孫大海則在另一側托著伊恩，同時盯著前方那似是永無盡頭的黑樓廊道。

長門提著三味線，走在最後頭，負責斷後。

「二十三根了。」摩魔火說：「老大，要不要先試看看威力，裝火不比裝水——如果師弟沒控制好，這瓶子突然爆炸，連我都要被炸飛了……」

「嗯，也好。」伊恩回頭，停下腳步，望著張意手上那只玻璃瓶。

摩魔火那些豔紅火毛落入瓶子時便燃起烈火，全讓張意封印在瓶子裡。以往摩魔火不負責第一線戰鬥任務，他一身紅火刺毛大都用於刑求逼供上，這二十三根火毛聚集起來的威力如何，連伊恩也不太清楚。

「長門。」伊恩朝長門輕喊一聲。「妳試試張意這瓶火，告訴我它的威力。」

長門聽完神官翻譯，點了點頭、撥撥戒弦。

「是，父親大人。」神官開口。

「把瓶口對準長門，朝她發射。」伊恩對張意說：「別擔心長門，她的能力你很清楚。瓶子拿穩，先別管火焰威力，優先保住瓶子，千萬別讓瓶子炸開，不然……後果應該也不用我囉嗦啦。」

「唔……」張意害怕地舉起瓶子，對準長門，深深吸了口氣。

「穩著、穩著點。」摩魔火繞到張意後腦，叮囑著說：「先強化瓶子，再解封印，別……」

呼——

一柱紅火在張意面前竄出。

他解開了瓶口封印，濃縮在裡頭的紅火一鼓作氣竄出，迎面撲向長門。

噹、噹噹，幾聲弦音在紅火炸開的同時響起，一片銀浪牆自長門腳尖前掀開，包餃子似地將撲來的火團裹住。

「……」長門轉變弦音，操使那銀流忽上忽下晃動，仔細感受那團火的實際威力。

下一刻，弦音止息；銀流消失，紅火也消失。

「長門小姐說那火和協會的初級火符差不多……哦，有稍微強一點。」神官聽著長門戒上弦音，同步翻譯。

「嗯。」伊恩點點頭。

「火符？什麼是火符？威力大概到什麼程度？」張意見手中的瓶子毫髮無損，自己成功發出了一顆像是電玩遊戲裡才見得到的火焰團，不禁興奮起來。

「嗯……」摩魔火像是對長門的答案有些意見，卻又不好直接反駁，彆扭地說：「差不多就……協會除魔師的基本配備吧，打飛一些作亂小鬼綽綽有餘了……不過長門小姐補充說我的火比火符強，我想至少能燒得剛剛那大個子哭爹喊娘吧……」

「好傢伙。」伊恩點點頭，對張意豎了根大拇指。「大家都說我是天才，但我從裝水進步到裝火，足足花了好幾個月才成功。」

「這是什麼古怪法術！」孫大海本來有些瞧不起出身舞廳圍事，卻又沒江湖豪氣的張意。此時見他竟有這奇特能耐，加上聽伊恩敘述他那天生抗黑夢的能力，也有些改觀。

「老大，你讚美他過頭了。」摩魔火說：「這厲害的封印法術，是你原創發明出來的。師弟只是照著你教他的方法練，他體質特異，對結界特別有天分；你是樣樣都強。且那幾個月，你幹的也不只裝水、裝火這些事，你忙得很呀。」

「哈哈，現在可不是拍馬屁的好時候。」伊恩笑著說：「摩魔火，以後張意就教給你了，你負責指導他把這火術練得更熟。」

「老大，訓練師弟當然沒有問題，這是做師兄的職責。」摩魔火有些遲疑：「但有個小問題……我身上火毛需要時間長，恐怕沒那麼多毛讓他練習……」

「那有何問題。」伊恩哈哈大笑。「火符長門也會畫，你教張意用火符，另外……」伊恩一面撐著七魂往前走，一面思索著，轉頭對張意說：「張意，你這能力太有趣了，我想到好幾個新把戲，但就不知你究竟能學到什麼程度。」

「新把戲？」張意不解：「例如呢？」

「例如……」伊恩轉頭，拋給張意一個東西。張意沒接好，落在地上。他連忙撿起，只感到那東西約莫拇指大小，是用符紙捏出來的錐狀物。

「哦——」孫大海伸長脖子，瞧見張意手上那錐狀小物，豁然開朗：「子彈？哇，那瓶子還能當手槍用？」

「長門，妳試試這個。」伊恩點點頭，又說：「這次小心點，那是『百斬符』。」

「是，父親大人。」長門讓肩上的神官回答，跟著持琴撥弦，在身前奏出數柱銀柱。

這頭，張意又和摩魔火準備半晌，在瓶子裡裝入二十餘根火毛，跟著將那揉成錐狀、硬如石塊的「百斬符」塞進瓶口，露出約莫一半的錐尖。

張意、長門相距數公尺。

一個托瓶吸氣，一個輕輕撥弦。

張意舉著瓶子往前一頂，嘴巴喃喃唸著：「開！」

封印解除，紅火炸出，錐狀符如飛箭捲著火團直射長門胸口。

數柱銀流瞬間聚成厚牆，擋下錐狀符。

下一刻，厚牆四裂崩塌，百斬符發動，十餘柄光刃在空中閃現——百斬符不會鎖定特定攻擊目標，而是以符紙為中心向四面狂斬。

噹噹、噹噹噹噹——

擋下百斬符光刃亂斬的，是四周同時竄起的十餘柄銀刀；銀刀和光刃在空中交撞，發出一陣刺耳金屬撞擊聲。

這陣交撞足足持續數秒，然後光刃消失、銀刀化散。

長門站在原地，沒有閃避或後退半吋。

「很好。」伊恩像是對他倆的表現完全滿意，拍拍手說：「如果這符在對方沒有準備的情形下，射進對手人堆裡，那會相當精采。」

「大頭目……」孫大海像是也對張意這古怪能力越來越感興趣，他說：「用火當推力，威力雖強，不過有時太亮了；如果用氣流當推力，不知不覺射一枚符，還能偷襲。」

「哈哈，這倒是。」伊恩拍拍孫大海。「接下來就是腦力激盪時間了，符咒、容器，再加上這個張意，可以玩出無數種組合。」他說到這裡，回頭望了望張意，大笑說：「怎樣，有沒有開始覺得興奮了？你就像是一把槍、一管砲，能夠發射各種子彈。」

「……」張意呆然地望著自己雙手，顫抖地呻吟起來。「唔唔哇……」

「老大……」摩魔火無奈地說：「師弟這把槍還不太穩定，有時會膛炸。」

「咦？」伊恩愣了愣，望向張意雙手。

只見張意雙手各自握著一截斷瓶，手上滿是碎渣，鮮血淋漓。

「沒事，慢慢來。」伊恩苦笑搖頭，朝長門使了個眼色。

□

街上每個人臉上都掛著笑容。

像是一切煩惱、一切擔憂、一切警覺和驚恐都不復存在。

馬路上堆滿各式各樣撞毀的車輛及無法再爬起的人。

遠遠可見幾簇緩緩冒升的煙團，那是各式各樣的火災現場。

陷入黑夢深層地帶裡的人們，失去了一切痛覺、警覺、驚慌、害怕等意識，因此對於周遭接二連三的車禍、火災全無反應。

廂型車停在巷弄一角，盧奕翰、夜路和青蘋開門下車，走向斜前方一處公寓。

他們的目標是公寓樓頂上一間小小的老舊加蓋建築，那是協會要他們消除的第二處結界止戰區。

那老舊公寓大門壞了許多年，兩面鏽蝕嚴重的鐵門終年半敞。

三人走入公寓，踏著階梯往上走，兩側住戶大門和內側木門都緊閉著，也不知這幾天裡頭的住戶是否安然。

青蘋始終惦記著外公的安危，孫大海是她在世上唯一的親人。現在他有可能身處在這城市裡任何一個地方，也可能已經不在人世——青蘋搖搖頭，將這雖極有可能，但她絕不願承認的情形驅出腦外。

由於孫大海那老相好過去可也是異能圈子裡響噹噹一號人物，前些天夜路聽英武敘述孫大海與那老相好過往情事，立時猜著那老相好身分，協助青蘋聯繫上對方。

但結果卻令青蘋失望——

孫大海最後一通撥給那老相好的電話，是在黑摩組攻入花店隔天。

之後便音訊全無，再沒消息。

夜路和盧奕翰這陣子透過協會，整理出一份孫大海過往友人名單，一一聯繫以往和孫大海有些交情的異能者，試著打探孫大海下落。

但這份名單中，有三分之二的人本身即失聯無蹤；剩下的三分之一，近日也沒有孫大海的消息。

「英武。」青蘋望著手上那截黃金葛，說：「如果外公當時沒把神草給我，而是自己留著用，或許……」

「這神草是老孫特別為妳種的呀，本來就是留給妳的。」英武飛在青蘋身後說：「以前妳爸爸、媽媽還在世時，他們偶爾帶著妳去看老孫，老孫都會和妳媽媽要些妳的頭髮、指甲。他用妳的頭髮和指甲配合特殊符術藥材，製成專門養神草的肥料，才把這神草養得這麼健壯——神草只聽他和妳的話，所以妳才能這麼快學會操縱神草。青蘋，妳現在很厲害了，老孫如果知道妳學得這麼快，一定很得意呀。」

「……」青蘋聽英武這麼說，眼眶一紅又想哭了。

「英武，你別把外公說得好像已經怎麼了一樣，這樣只會害青蘋更擔心……」夜路連忙開口安撫青蘋：「他身上帶著很多神奇藥材，能夠抵抗黑夢影響，說不定正藏在安全的地方，等待時機脫身呀……」

「希望如此……」青蘋吸吸鼻子，勉強自己不讓眼淚落下。她早告訴過自己，就算外公真的出事，她也不要哭哭啼啼——而是會全力替外公報仇，摧毀黑夢、摧毀黑摩組。

「就是這裡。」盧奕翰捧著一箱掃把星，來到這老舊公寓頂樓梯那加蓋建築外。只見那加蓋建築年久失修，一扇小門早已損壞半敞著，建築鐵皮外側有著滿滿的塗鴉，裡頭滿地酒瓶垃圾。由於這加蓋建築連天花板都破了好幾個大洞，地板濕漉漉的還積著水，是個連流浪漢都不想窩身的地方。

盧奕翰一手托著紙箱，單手朝著那小門比劃半晌還唸了咒，然後跨步走入。

青蘋和夜路跟進結界，只見裡頭比外面看上去寬敞、乾淨許多，沒有垃圾也沒有酒瓶——

卻有種說不上來的突兀奇異感。

這寬闊的方形結界空間，大致上可以區分成四塊區域，其中一區的擺設像是辦公室；有辦公桌、鐵皮資料櫃和飲水機，牆上貼著行事曆、牆邊立著白板。

第二塊區域則像是幼稚園教室，地上鋪著巧拼地板，牆上貼著一張張古舊小塗鴉，一只小櫃子每格都擺了一株花和一張小紙條。

第三塊區域地上鋪著榻榻米，角落堆著健身器材和拳擊沙包，牆上還掛著幾件道服和拳擊手套。

第四塊區域竟是塊幾坪大的小花園，有幾處小花圃和兩條長椅。那花園區域與另外三塊區域最大的差別是沒有天花板，而是挑高的天井構造，透下和煦陽光。

三人從紙箱中取出一盆盆掃把星，放在四個區域裡每個角落。青蘋還拿著小鏟，將幾盆掃把星種入小庭園區域的花圃土裡。

「這個地方就是小蟲哥以前的祕密基地？」青蘋種完掃把星，又在其他區域繞了繞，發現這些區域像是不久前才經過大掃除般，幼稚園區域裡那格櫃每一朵花底下的字條，寫的都是和這個地方告別的文字——

「希望還能回來。」

「花花幼稚園再見。」

「我們以後還要回來。」

「再見。」

「這是我們的家。」

「希望常常下雨，以後沒人替院子裡的花花們澆水了。」

那些字跡看來幼稚歪曲，像是小朋友寫的。

「你看。」夜路遞來一張自武館區域牆上取下的泛黃照片。

照片上四個男人，青蘋認出其中一個看來最像小流氓的青年，正是小蟲。

「另外三個是賀主管、陳碇夫跟陳順源。」夜路一一指著照片上的人，向青蘋介紹起小蟲以外的三人。

青蘋連忙取出筆記，仔細記下。

照片中個頭最高、體型最魁梧那男人穿著空手道服，他就是協會台北分部四大主管之一的賀大雷，於黑摩組突襲那晚失聯至今。一身土氣打扮、鳥窩頭的男人叫陳順源；他來自南部農村，性情古意善良，曾經也是靈能者協會一級除魔師，後來加入了晝之光。最後一名青年看上去最是秀氣斯文，戴著細框眼鏡，穿著白襯衫，一副書生模樣；他叫陳碇夫，原本和賀大雷同爲協會台北分部四大主管，但因黑摩組某次襲擊，失去了妻兒。陳碇夫因此離開協會，投入晝之光。

「爲什麼……他們要離開協會？在協會裡不是一樣能夠對抗四指、追捕黑摩組嗎？」青蘋聽陳順源和陳碇夫先後離開協會，加入晝之光，不免有些好奇。「你們之前說過，協會的限制比較多，沒辦法用一些見不得人的手段，所以……我的意思是，要抓到黑摩組他們，一定得用……那種手段嗎？」

「那要問他們了。」夜路說：「畢竟……維持秩序是一回事，報仇又是一回事，報仇有報仇的方式。」

青蘋默然半晌，儘管她同樣疾惡如仇，也想替被仇家殺害的父母報仇，甚至想替生死未卜的外公報仇，但她從未細想過「報仇」的手段——酷刑、殘殺對她而言，像是恐怖電影裡才會出現的事情一樣。

「有些事情，要經歷過才能夠體會。」夜路說：「我也不認同晝之光的行事作風，但我能體會他們經歷過的痛苦，像是這位陳碇夫主管……」

青蘋聽夜路大略說了照片裡陳碇夫脫離協會的始末，不禁瞪大眼睛，不可置信——黑摩組綁架了陳碇夫那有孕在身的妻子黃禮珊。

在那段時間裡，陳碇夫不時收到「盒子」，每一個盒子，都裝著「一部分」的黃禮珊，和「一部分」他那未出世的孩子。

那時整個台北分部強力動員起來，出動所有除魔師，大舉搜索黑摩組，但都徒勞無功。

陳碇夫正式脫離協會，加入晝之光，對黑摩組和所有四指展開無限期的獵殺行動。

在往後的時間裡，協會不時收到一些關於陳碇夫的消息，大夥只知道他行徑越來越瘋狂、越來越恐怖。

也越來越強。

強大到連晝之光的頭目都給予陳碇夫一定程度的特權，讓他可以不受晝之光指揮，單槍匹馬行動，想幹什麼就幹什麼。

「陳碇夫的個性比較極端、理想化，所以受到超出想像的打擊就……失控了。」夜路解釋：「順源哥從前的遭遇不比他好，當時陳碇夫大力反對順源哥離開協會，他們還因此決裂，結果後來他自己……唉。」

「所以現在沒人知道陳碇夫在哪？」青蘋問。

「對啊。」夜路點點頭，說：「但現在黑夢的消息應該已經傳遍全世界日落圈子了吧，他絕對會回來，或許已經回來了也說不定。」

「這件事秦老也很頭疼。」盧奕翰走來，又從箱子裡取出幾盆掃把星。「要是陳碇夫闖進黑夢，被黑摩組逮到……心神失控被黑摩組控制，反過來對付我們，那真是麻煩呀。」

「說不定他就在之前畫之光那批夜天使裡……」夜路這麼說。

三人一面討論，一面將掃把星平均擺在這祕密基地每個角落，然後噴灑藥液、施咒解除封印——

武館的榻榻米融化了、沙包落下、啞鈴變成了沙；幼稚園的牆面卡通塗鴉變得混濁不清、小櫃子和小搖椅紛紛垮下；辦公區域幾張辦公桌飛快鏽蝕、白板落下、資料櫃傾倒；小庭院的花紛紛謝了、天井透下的日光也逐漸消失……

青蘋隨著夜路和盧奕翰下樓，將那張有小蟲等四人的舊照片夾入筆記，上車，從窗裡望著老公寓頂樓的加蓋建築。

廂型車駛離巷道，前往這堅壁清野行動的第三站——中永和。

06十一個惡靈

眼前的廊道更加古怪了。

這棟樓裡，已經沒有明顯的樓層區隔，房間疊著房間；樓梯這兒一小段、那兒一小段，變得猶如山坡老街那般零碎紛雜。

不同房間裡景況落差極大，有對著電視發呆的獨居老人、有打罵孩子的凶惡婦人、有上吊的人、有割腕的人。

這棟樓猶如這城市裡的悲傷濃縮體。

此時，是他們與孫大海會合後的第二天深夜。

他們花了許多時間，穿過一棟又一棟黑樓。這些因黑夢而增生的古怪巨型建築除了往上增長之外，也會向四周擴長，進而互相連接。

孫大海雖然被那怪傢伙拖行兩日，但沿途不忘留下記號——能聽見孫大海呼喚而有所回應的葉子，以及能夠辨認東南西北的小花，他循著那些葉子判斷方位，領著伊恩等人往自家花店推進。

如果孫大海研判無誤，這怪樓位置差不多已接近他先前藏身的小公園。

而那小公園距離孫大海花店，則只剩約莫兩個街區，此時那一帶想來已經長滿奇異怪樓。甚至連原本的花店公寓也被併吞，變成巨大建築的一部分。

「他是誰？他是誰？說啊！他是誰？」

「他是我朋友，只是普通朋友，你不要這樣疑神疑鬼……」

暴怒的男人嘶吼聲和女人哭聲，自前頭一間房中竄出。伊恩等人經過那間房，門沒關，裡頭是臥房模樣。

男人揪著女人頭髮，揚著手機暴怒質問著女人，還一面不停踢踹女人腹部。

女人跪在地上，她的臉被打得瘀腫嚇人，眼淚和鼻血淌了滿臉。

「看什麼，你們看什麼？」男人見到張意經過時朝他們瞧了幾眼，立時扔下女人，衝到門邊，朝張意發出怒吼——

在男人吼叫的那瞬間，他整張臉都變成青色，兩隻眼睛爆出厲光，牙齒利長，舌頭淌下黑汁。

女人則嚇得蜷縮在角落，不停嘔血。

男人和女人全是凶死鬼。

張意被嚇退好幾步，被摩魔火拉動蛛絲操縱手腳，這才沒撞上身後那拄著七、八支拐杖的怪異老人。

老人兩隻眼睛看向不同地方，左手拿著兩支拐杖、右手拿著三支拐杖，仔細一看，有些拐杖甚至是從他胳臂和大腿穿出。

老人顫抖著，舉起右手三支拐杖，作勢要打張意。「你……你想撞我？想害我跌倒？我……老了，禁不起撞，你……這惡毒的小子……」

「不不不！」張意連忙搖手，驚駭退開，追上伊恩等人，回頭只見那虐妻男人和拐杖老人都怒氣沖沖地瞪著他。

「時效雖然應該沒過，但保險起見。」伊恩停下腳步，伸出手在張意三人額前又施下幾道能夠抵禦黑夢效力的禦身法術，和能夠消除人氣的「擬鬼術」。

「妳說，他是誰？妳是不是跟他有一腿，說——」

「我老了，怕跌倒……別撞我、別撞我……」

「他是普通朋友……你別打了，救命、救命啊！」

虐妻男人的怒吼、拐杖老人的喃喃自語、女人的哀號求救，和上這整棟樓各處發出的古怪哀號聲，混合成有如模擬地獄的氛圍。

「妳爲什麼偷錢？」「嗚……我沒有……」「妳爲什麼偷錢？」「我沒有，老師……我沒有……」

一個中年男人的聲音，和一個小女孩的啜泣聲，自前方陰暗轉道裡幾扇光亮的窗透出。

伊恩等人經過那轉道，裡頭空間像是教室——縮小了的教室，牆上掛著半截黑板，四周擺著幾張木頭課桌椅。

中年男人的襯衫袖口捲至上臂，持著一支染血藤條，扠腰站在一個小女孩身旁。

小女孩穿著深藍色百褶裙和白襯衫，淚流滿面地直舉雙臂，雙腿半蹲——過去校園裡常見的體罰方式。

除此之外，她的雙臂上還有一道道鞭痕，有些鞭痕甚至滲出血來。

唰的一聲，男老師又在小女孩細瘦的臂上鞭出一條新痕。

小女孩的雙腿誇張顫抖著，這種半蹲姿勢所產生的疲累和痛苦，早超出她這年紀所能承受的程度。

男老師見到伊恩等人經過，也只是冷冷地望著他們。

「……」張意見到淚流滿面的小女孩用求救的眼神望向他，不禁有些同情，卻也不知能夠幫上什麼忙。他們碰上的並非活人，而是在黑夢效力下招來的遊魂野鬼，黑夢加重了這些野鬼的凶性和執念，重現著這座城市過去許多陰暗角落中那一段段不爲人知的恐怖痛苦。

「妳爲什麼偷錢？」男老師又將視線放回小女孩淚流滿面的臉上。

「我眞的沒有……」小女孩痛哭著。

體罰教室之後，是另一間教室，裡頭是幾個國中生模樣的男學生。

其中那個最瘦弱的男學生，衣衫破爛地跪在地上，他的手被踩著。踩著那男學生手的傢伙，是另一個男學生，他的面容看來像是厲鬼一樣。他瞅著瘦弱男學生不知在取笑什麼，身邊嘍囉不停起鬨，你一拳我一腳地往那瘦弱男學生身上招呼。

另一邊的房間，卻是一個衣著、模樣看上去都十分正常的男人，在幹一件極不正常的事——持著一把美工刀，將一隻五花大綁的狗開腸破肚。

小狗發出了張意難以想像的哀號聲。

他們在接下來的路程中，見到更多古怪傢伙。

有個沿街傳教的奇異老太婆，捧著一疊看不懂究竟寫些什麼的傳單，含糊不清地說著世界末日將要來臨；有個控制慾極強的媽媽，尖聲怪吼著試圖從女兒懷中搶下幾封信，聲稱她被男人騙了；有個臉上有一道大疤的綁匪，以槍柄在人質頭上猛砸；有個看上去和流氓沒什麼分別的警察，用手銬刑求一個毒蟲；有個提著菜籃的年輕人，努力向他們推銷菜籃裡的怪娃娃，那怪娃娃還朝他們眨眼擺手，張開長滿紅色利齒的嘴巴笑個不停；有個古怪的暴露狂對著他們掀開大衣，露出腐爛淌出腸子的腹部和噁心下體。

「老……老大。」張意覺得自己像是踏入一間極其逼真的恐怖鬼屋，且他逐漸發覺沿路上見到的虐妻男、拐杖老人、體罰老師、霸凌學生、虐狗男、邪教婆婆、流氓警察、綁匪、暴露狂、怪媽媽、推銷員……竟都緩緩跟在他們身後。他害怕地問：「他……他們為什麼跟著我們？」

「嗯。」伊恩回頭瞧了瞧那些遠遠跟在他們後頭的傢伙們，他們的眼睛閃爍著飢渴的異光，像是一群盯上了獵物的土狼般。

「大頭目，你不是對我們使了擬鬼術嗎？還是……」孫大海見伊恩的擬鬼術似乎失效，連忙從口袋取出一小包怪異植物，說：「我還有些假死草，很有效……」

「不用。」伊恩對孫大海搖搖頭，淡淡笑著說：「我有點累了，大家先找個地方休息一晚，養精蓄銳，明天應該就能到你那花店了。」

他們又繞了一陣，只見前方陰暗曲折的樓中廊道一角，竟塞著一家小小的雜貨店。那雜貨店像是被壓擠成古怪的形狀，硬塞進原本的梯間之中。貨架、冰櫃扭曲卻緊密地排列在一起，地上散落著亂七八糟的零食、汽水和玩具。

伊恩等人檢視了這些貨品食物，竟都是眞的。伊恩猜測或許是眞實世界裡哪家便利商店或賣場，在黑夢作用下被扭曲、變形、搬移，硬是塞入了增生亂長的結界建築裡。

這兩天途中他們碰到不少這類零星商店甚至是民宅，因此並不缺飲水食物——實際上就算沒有這些商店，張意背後那大罈裡的豐厚魄質也不會讓他們餓著。

「你的手還痛嗎？」伊恩捏著洋芋片，沾著魄質漿汁吃得津津有味。

「不痛了，老大。」張意搖搖頭，他那被玻璃瓶炸傷的雙手，此時裹著層層蛛絲，已經不再疼痛。

當時長門立刻以銀流替他挑去手中玻璃碎片，摩魘火也以蛛絲替他包紮傷處，伊恩再對他雙手施下治傷法術。因此當時儘管他那雙手被炸得皮開肉綻，經過數小時後也幾近痊癒。

「這東西還能這樣吃？」孫大海見伊恩等人竟將那大罈引出的魄質當成番茄醬來用，便好奇地有樣學樣，拿著餅乾沾了團魄質漿汁。咬下一口，只覺得無滋無味；但嚼了幾下，舌上卻漸漸有種難以言喻的舒服沁涼感，吞下肚後又淡淡回暖。

「正常來說是不能吃的。」摩魔火解釋：「但伊恩老大有種特殊法術，能將魄質轉變成能夠食用的漿液，就算不是異能者，也可以直接吃下肚，獲得人體所需的能量。」

「比我那些肉丸子還厲害。」孫大海聽得嘖嘖稱奇，他家那祖傳肉丸子，外觀像是肉色小番茄，吃下肚後如同吃下鮮肉，不僅營養，經過烹煮甚至十分美味。

但伊恩卻能夠直接將魄質轉化成食物，這神奇法術他從未見過。

「我還有一招更厲害。」伊恩望著張意，指了指雜貨店外那廊道，對張意說：「阿意，我聞到鬼的殺氣，你準備一下，該輪到你表現了。」

「鬼的殺氣？我……要準備什麼？」張意不解地看著伊恩，見伊恩露出微微笑意，不禁有些不安，他慌張地說：「你要我跟鬼戰鬥？可是……老大你從沒教過我戰鬥呀，怎麼不派長門……」他回頭，見到長門持著三味線靜靜佇在一邊，肩上的神宮正盯著他，像是正準備將他的話翻譯給長門聽。

不知怎地，他突然有些羞愧，硬是將肚子裡的話吞了回去，勉爲其難地說：「我……我該怎麼做呢？」

「別怕成這樣。」伊恩見張意雙腿有些顫抖，搖頭苦笑，將他招來身邊，說：「其實你的體力比我想像中更好，揹這東西一整天也挺辛苦……」

那大罈子上有幾條縫，縫裡接出近十條棉線，棉線上纏著銀針。銀針和棉線能夠引出罈中魄質，平日不用時，便插在那背架上一處小瓶裡。

「眼睛閉上。」伊恩捏起兩枚銀針，凝視半晌，用嘴叼著。跟著伸手在張意肩頸處捏了捏，將他後領拉開些。

「老……老大你要幹嘛？」張意嚇得大嚷，突然發覺全身動彈不得，又是摩魔火以蛛絲控制了他手腳，他連忙問：「師兄，你爲什麼又綁我？」

「不綁你你亂動怎麼辦？」摩魔火沒好氣地說：「這麼大個男人，老像個毛頭孩子一樣，打個針都要人五花大綁。當你師兄也夠累了。」

「打針？打什麼針？」張意駭然，只覺得身子突然一鬆，又能動了，他趕忙後退幾步，驚恐看著伊恩。「老大你要替我打什麼針？」

「打完了啦！」摩魔火不耐地氣罵：「一點都不痛，對吧。」

「什麼？」張意呆了呆，見伊恩朝他點點頭，還不知道發生了什麼事，伸手往後頸一摸，卻摸著兩條棉線「黏」在他左右肩後近頸處——

那是伊恩將兩支銀針插進他後肩，直至銀針根部。

「噫！」張意用手指輕輕勾了勾那棉線，隱隱感到肉裡有個東西，放開手，卻又不痛不癢，他連忙問：「老大，這是什麼？」

「老大怕你累壞了，讓你隨時隨地能夠補充體力啊！」摩魔火惱火唾罵：「你讓老大一口氣忙完，再來問東問西好不好？你……」他說到這裡，忍不住用毛足重刮張意的頸子。「師弟，我的耐心，快要沒了……」

「摩魔火，別這樣。」伊恩苦笑了笑，對張意說：「我本來不想對你用這法術，怕養出你的壞習慣，讓你產生依賴性……但你從未接受過戰鬥訓練，你的身體力量跟戰鬥經驗都不足夠，這法術能保你身體安全。」

「保我身體安全的法術？」張意本來仍遲疑，但聽見腦袋上摩魔火的氣憤磨牙聲，不敢再多問，來到伊恩身邊，讓伊恩在自己肩後比劃半晌。

跟著，摩魔火也在張意腦袋上現形，像頂帽子似地攀在張意頭上。

伊恩將第三支銀針插進摩魔火背上，然後對摩魔火也施下同樣的法術。

「大頭目，你這法術究竟是……」孫大海也聽得十分好奇。

伊恩指了指張意背後那大罈子，對他說：「從現在開始，罈子裡的魄質會自動補充你身體流失的能量、修補你身體受到的傷害；你將不再感到疲勞，你的力量會比平時更大，你能輕易舉起連舉重選手都未必舉得起來的東西。」

「什麼？」張意聽伊恩這麼形容，心中的恐懼一下子減少許多，他扭頭舒臂，果然感到兩股暖呼呼的氣息自他肩上滲入全身，揹了兩天大罈而痠疼的肩頸後背，一下子舒服得不得了。

「我這兩天想到一種非常適合你的武器跟戰術。」伊恩又說：「但還需要幾種特殊法術配合。你練成之後，會變得非常厲害。」

「讓我變得非常厲害？那是什麼法術？」張意好奇地問。

「問得好，這是重點之一。」伊恩哈哈大笑：「那幾種特殊法術，我還沒發明出來，不知道我撐不撐得到那時候。」

張意瞪大眼睛，還以為伊恩開他玩笑，但見伊恩笑完，又正經八百地對他說：「另一個重點，是你的決心。」

「你不能見到敵人就落荒而逃。雖然逃跑也是一種戰術，但你若無時無刻都背對著敵人，那些傢伙可以輕易追上你，扯斷你脊椎骨、撕裂你肺臟、挖出你的心臟或是掐斷你的脖子。」伊恩淡淡地說：「恐懼沒有錯，但是面對恐懼的方法卻有高低之分；你不用拋棄恐懼，你只是得學會更聰明地面對它。」

「面對恐懼的……方法？」張意茫然無措，長久以來，他面對恐懼的方式就是轉身逃跑。

他從來不知道當一個人感到害怕時，除了逃跑以外，還有什麼更好的面對方法。

「哦——」伊恩伸了個懶腰，說：「再往前走走，找到合適的地方就休息吧。」他說到這裡，隨口對張意補充說：「看到喜歡的武器儘管拿，你今晚會用到。」

「什麼……」張意見伊恩往前的腳步越來越快，趕緊也加速跟上，不時回頭。

他身後那陰暗扭曲的古怪廊道裡，閃爍著許多雙眼睛。

虐待狂、怪媽媽、瘋婆婆、惡警察等受了黑夢影響的惡靈，全遠遠地跟著他們。

張意總覺得他們似乎忌憚著伊恩和長門，卻對自己流露出飢渴的眼神。

跟著，他們穿過兩間像是客廳又像是佛堂的怪廳、穿過像是廚房又像是臥房的怪房間、穿過了像是服飾店又像是蔬果攤的怪店面……

來到一間看起來像是中餐廳又像西餐廳的怪餐廳。

「這裡好像不錯。」伊恩踏入那昏暗詭怪的餐廳，東張西望半晌，踹開餐廳後方一扇門，裡頭是個約莫四、五坪大的錯亂空間。

那小房角落有著歪斜的流理台，流理台旁卻是書桌，書桌旁有座馬桶，馬桶旁又是個怪異大衣櫃。

「有馬桶就方便多了。」伊恩無視那些書桌、流理台和大衣櫃，獨獨對那馬桶十分滿意，他指著餐廳裡一面屏風，說：「把屏風搬進來擋著馬桶，就是間獨立廁所了。」

長門聽了神官翻譯，也沒多問，隨手撥弦操使銀流，將伊恩需要的屏風和桌椅、桌巾、椅墊全捲來，在房裡布置出臨時廁所和休息區域。

「師弟，你沒聽老大說話嗎？」摩魔火拍著張意腦袋。「老大要你沿路挑喜歡的武器，你挑了嗎？」

「武器？哪有武器？」張意四顧張望，外頭沿路都是奇異房間跟高低曲折的廊道，伊恩一路也未曾放緩腳步讓他挑揀四周雜物。而這間古怪餐廳裡除了結帳櫃檯旁擺著掃把和收銀機外，便只剩一張張圓桌和方桌，和一張張東倒西歪的椅子。

「你這膽小鬼，別只盯著能夠讓你躲起來的櫃子和桌下！」摩魔火怒罵：「我就在你頭上，你以為我不知道你在瞧哪兒嗎？」

「師兄，這裡就只有支掃把，你要我拿掃把當武器？」張意無奈地繞到櫃檯拿起掃把，順手拉開櫃檯幾只抽屜。

抽屜裡只有些紙筆文具，他翻出一支附著塑膠包框的安全剪刀，隨手空剪幾下，只覺得這玩意兒連國中生都不會放在眼裡，更遑論那些凶惡猛鬼。

他回頭，見後方那小房似乎已經整理完畢，伊恩正伸著懶腰，往那翻倒平放還鋪上桌巾的大衣櫃躺下，似乎將櫃子當成了床；另一邊孫大海也舒服地窩進一張躺椅，整理起他背包裡那些稀奇古怪的雜草植物。

長門則拉了張椅子，抱著三味線坐在那虛掩的房門外負責守衛。神官從房內飛出，落在長門肩上，叮叮噹噹地彈著弦，將伊恩的吩咐轉告給長門。

張意見長門一面聽，一面點頭，還不時朝自己看來，彷彿伊恩交代之事與自己息息相關。他心中好奇，卻又不敢去問。

「對面說不定有好東西。」摩魔火突然提醒。

「對面？」張意呆了呆，望向餐廳門外，只見斜對面也有間店面。那店面的門看上去只是尋常居家臥房門，門把還是普通的喇叭鎖，但房門旁卻倒著面招牌——「大力五金行」。

「咦？」張意呆了呆，心想倘若是五金行，總有些鐵鎚、扳手、鋸子之類的工具，可比這掃把、剪刀稱手得多。

他立刻走出餐廳，只覺得曲折廊道一端颳來一陣冷風，他左右看了看，除了天花板上掛下的奇異管線、牆壁上的霉斑和怪異塗鴉外，什麼也沒有。

「有……有人嗎？」他伸手在門上敲了幾下，摩魔火也跟著在他腦袋上敲了幾下。

「敲個屁門，踹門進去！」

張意莫可奈何，大力轉動喇叭鎖，推門進去。

只見裡頭陰暗昏黑，立著一座座接近天花板高的鐵層架，擺著滿滿的五金工具。他東翻西找，一會兒拿起扳手甩甩、一會兒拿起鐵鎚秤秤，只覺得樣樣都不滿意，這些東西都輕得像是玩具。

直到他拿起一柄像是打鐵店裡鐵匠使用的長柄大鐵鎚，直上直下地晃了晃，才意識到不是這些傢伙太輕，而是他力氣變大許多。

以往他連普通的鐵鎚都難以任意揮甩──鎚頭的重量讓他難以在揮動時隨意變向、停止。但此時他拿著這長柄大鐵鎚，卻像是拿著小木槌子般靈活輕盈。

「哇，師兄，我的力氣變好大！」張意一手提著大鐵鎚，一手推著身旁那擺滿沉重五金工具的貨架。只覺得那貨架雖然沉重，但也不到推不動的地步──架上那一盒盒螺絲、螺帽、起子、扳手，連同鐵架本身的重量相加，可能超過一公噸。

沙、沙沙──他咬牙使力，當眞將那沉重金屬貨架向後推開尺許。

「師弟，你別高興太早，把這件事當兒戲。」摩魔火連忙說：「你現在這身怪力，來自於你背上那大鐔子，那是華西夜市好幾年分的稅收魄質。沒那巨量魄質，你又回到從前的你了。這力量只是讓你防身護體，不是讓你耀武揚威，懂嗎？師弟。可別太過依賴這不屬於你的力量。」

「喔。」張意也不曉得有沒有聽進摩魔火的告誡，他只感到信心大增，轉身一腳將另一面貨架踹開好遠，轟隆隆翻倒，貨架上的零碎五金嘩啦啦灑洩滿地。

「要是讓我現在見到喪鼠，我要打扁他的鼻子！」張意忍不住高喊起來。

「打扁他鼻子？」摩魔火哼哼地說：「師弟，你也太沒出息，你要折斷他的左手跟右手、踢碎他的左腳跟右腳，最後扭斷他的脖子！」

「這太殘忍了吧……」張意愣了愣。

「殘忍？」摩魔火哼哼地說：「他殺了你哥哥，還差點殺了你；你哥哥那時還是個孩子，他連孩子都殺、害那麼多人，他才殘忍；且他以前就夠壞了，現在又被黑摩組收編，那是壞上加壞。怎麼，你心疼他啊？」

「幹，誰心疼那人渣！」張意大聲駁斥：「我只是沒經驗……下次我見到他，一拳打飛他，讓他腦袋撞牆，活活撞死，可以吧！」

「可以啊。」摩魔火說：「現在外面來了兩個壞傢伙，師兄就不囉嗦了，讓你自由發揮。」

「外面？」張意呆了呆，回頭。

壞警察和綁匪鬼鬼祟祟地在門外探頭探腦，盯著他猛瞧，還瞧他身後、瞧他身旁左右，像是在顧忌著什麼。

「他們……他們又來啦！」張意猛一哆嗦，差點連大鐵鎚都鬆手落下，剛才那難得一見的自信和氣魄，一下子煙消雲散。「為什麼他們好像特別針對我？」

「因為啊……」摩魔火說：「老大在自己跟孫大海身上，施下的是『擬鬼術』，作用是消除人味、擬鬼仿魔；對長門小姐則施下了『驅鬼術』，讓她散發出令普通野鬼厭惡的氣味，除非是有道行的魔物，或是窮凶惡極的大鬼，否則都不願意接近長門小姐；至於你呀，師弟，老大在你身上施下的是『引鬼術』。」

門外的壞警察和綁匪朝大力五金行裡東張西望一番，確定長門並不在張意身邊，便歪頭探腦地走入這五金行。

門外還隱約可見那虐待狂跟怪老師的身影。

「引鬼術？什麼是引鬼術？」張意持著大鐵鎚慌亂後退。他回頭望身後，這五金行比他起初以爲得更大，在層層貨架之後還有其他廊道和一扇扇門。

「你最喜歡的食物是什麼？」

「鹽酥雞的雞屁股……師兄你問這個幹嘛？」

「引鬼術就是讓一個被施下這法術的人，在你眼中像是一串烤得香噴噴的雞屁股。」摩魔火答：「喜歡吃蛋糕的惡鬼，就會從你身上聞到蛋糕香；喜歡喝酒的惡鬼，就會從你身上聞到濃醇酒香——這當然只是比喻，你身上只有臭小子的氣味，沒半點蛋糕香跟酒香。但在那些惡鬼眼中，你現在就像是一道豐盛美食，讓他們想把你生吞活剝。」

「什麼？老大爲什麼要這樣整我？」張意哀號起來。壞警察和壞流氓已經來到距離他數公尺處。壞警察面無表情，持著一副染血手銬；綁匪表情猙獰，伸著舌頭，像是迫不及待想大口吃他一般。

「混蛋，老大不是整你，是要鍛鍊你！」摩魔火氣呼呼地說：「不鍛鍊你，你怎麼長大？怎麼變成眞正的男子漢？怎麼繼承老大的位置，帶領畫之光對付黑摩組、斬下安迪的腦袋？」

「我是不是男子漢又關你們什麼事？」張意焦惱地說，突然咦了一聲，怪喊起來：

「什麼？師兄，你說什麼？我繼承老大的位置？帶領晝之光？」

「是呀。」摩魔火說：「老大有意讓你做他的接班人……不，這麼說也不對。應該說，做他的『身體』──老大希望讓你拿著他的『手』，讓他繼續帶領晝之光對抗黑摩組。」

「什麼？」張意連連搖頭，大喊：「我聽不懂你在說什麼！」

綁匪逼來的步伐更大，神情也更猙獰，還從貨架上抓起一柄起子，朝著張意嘿嘿地笑。

然後衝來。

壞警察衝得更快，躍過綁匪頭頂，落在張意面前。

「師弟！」摩魔火抬足一拉，扯動蛛絲。

張意雙臂自動揚起，挺起那重鎚，鎚頭撞上壞警察下巴，將他頂得向後翻仰，摔倒在地。

「踩他！師弟，踩扁他腦袋！」摩魔火大喊。摩魔火雖然能夠操作張意一切動作，但因受了伊恩命令訓練張意，便不控制他所有動作，盡量讓他自己行動。

「什麼？」張意慌亂之際，聽摩魔火的命令抬起腳，卻覺得雙腿發軟。他見那壞警察伏在地上，腦袋翻仰著看他，雙眼血紅凶惡，比恐怖片裡的惡鬼逼眞太多。張意這麼一遲疑，一腳踏在壞警察肩上。

壞警察吼叫一聲，一口咬著張意小腿。

綁匪撲了上來，舉起螺絲起子往張意右眼插來。

螺絲起子在空中被摩魔火射來的蛛絲裹住，一道紅火順著蛛絲閃電燒上綁匪右手，燒得綁匪鬆開手甩火。

「你看。」摩魔火再次拉動蛛絲。「實戰一不留神，眼睛就沒了。」

「我……我！」張意還沒來得及辯駁什麼，身體便再次受蛛絲控制，回身一記重鎚，將綁匪打飛數公尺。

「你什麼你，快踩他，他還在咬你的腳啊。」摩魔火提醒。

「鐵鎚可以打鬼嗎？我的手腳可以打到鬼？」張意驚恐中同時感到小腿持續劇痛，見底下壞警察猶自咬著自己不放，連忙抬起另一腳亂踏亂踩，終於踩得那壞警察鬆口。

「老大最初幫你施下了開眼術讓你看見鬼，對吧。」摩魔火說：「開眼術能讓活人更具體地感受鬼和魔物的魄質，不僅能看見鬼，也能摸見鬼，當然也能讓拿在手上的東西打著鬼——這跟施術者的能力有關，老大想讓你看見就看見、摸著就摸著。」

「那我現在到底要幹嘛？」張意大喊，朝著再次撲來的綁匪亂掄那大鎚。

「打扁他們啊，你想怎麼打喪鼠，就怎麼打他們。」

「他們跟我又沒仇！」

「沒仇？也對。那你坐下來跟他們泡茶好了。」摩魔火冷冷地說。

「……」張意快速來回橫掃大鎚，越揮越快，逼得綁匪和重新自地上爬起的壞警察無法近身。當他發覺自己隨意亂掃便產生了防禦效果，不禁回復些許自信。「揮這麼重的鎚子，手完全不會痠耶……」

「你這什麼鬼打法！」摩魔火十分不屑張意這種戰法，他罵：「你這樣打，完全依賴鐔子裡魄質轉化成的力量，要是你沒了鐔子，該怎麼辦？」

「我怎麼知道該怎麼辦？」張意有些惱怒。「這輩子沒人教過我怎麼打鬼！」

「師兄現在教你。」摩魔火哼了哼，拉動蛛絲。

張意身子僵凝，四肢被緊緊固定住而不受控制。跟著，他張開十指。

磅啷一聲，那一公尺長的大鐵鎚落在地上。

壞警察和綁匪見張意大鎚脫手，再次逼了上來。

「師兄，你做什麼？你不是讓我自己選武器，爲什麼又放下它？」張意驚慌大嚷起來。

「我改變主意了。」摩魔火這麼說，跟著用四隻後足踏著張意腦袋，前四足則高高抬起，更精準地操縱起張意的身體。

張意身子一晃，閃開壞警察的撲擊，來到貨架旁，抓起一柄扳手和一柄銼刀。

噹！

張意揚起扳手，擋下綁匪自上捅下的起子；同時持著銼刀的右手，則舉至綁匪頸邊——在這瞬間，他的右手突然能動了。

「捅他！捅他！」摩魔火說：「你先專心練習右手就好，左手雙腳讓我負責，你先學會攻擊再學別的，先練習殺鬼再談其他的，可以吧！」

「捅鬼？」張意哇哇大叫，害怕地持著銼刀往綁匪頸子一插，僅僅插入一吋，便被綁匪抓住右手，還張口啃咬起來。

磅！摩魔火操使張意左手，狠狠地用扳手在那綁匪腦袋上一敲。

同時抬腳蹬倒那撲來的壞警察。

「你不攻擊，就會被攻擊。」摩魔火說：「不過不要緊，你會慢慢習慣疼痛。」

「什麼……」張意哀號著，但他雙腿受摩魔火操縱，完全不能逃跑，只能正面和這兩個惡鬼硬戰。摩魔火操縱他左手，舉著扳手防守，替他擋下某些致命攻擊，讓他走至適切的位置，以最佳角度反擊。

嚓——在好幾次驚慌失手後，反被凶惡噬咬，他終於成功將起子深深刺入綁匪胸膛。

綁匪沒倒，而是繼續凶狠撲來。

鬼可不會因爲胸口捱刺便倒地死去。

張意後退，取了新的工具，重新拉開和綁匪和壞警察的距離。

然後他後背抵到了個東西，他回頭，是那個滿身拐杖的怪異老頭子不知何時也混入了這五金行。

不只老頭子，剛剛那些傢伙幾乎全到齊了。

變態老師拿著藤條，遠遠站在角落盯著張意；霸凌男孩蹲在一處貨架上，調皮地瞅著張意，手上還抓著一把鐵釘，一副隨時要扔來的模樣；怪媽媽舉著菜刀，躲在一處鐵架後朝張意探頭探腦，像是想將他帶回家加菜；虐待狂一面在傾倒的貨架旁挑三揀四，一面回頭對張意露出令人發寒的笑；暴露狂遠遠地拉開大衣，那肚破腸流的腹間破口裡，竟還藏著一雙閃亮大眼；虐妻男揪著老婆頭髮，在門外指著裡頭大罵，彷彿將張意當成了勾引他老婆的男人；邪教婆婆拿著奇怪傳單，指著張意大聲嚷嚷；推銷古怪娃娃的年輕人捧著提籃走來，籃子裡的怪娃娃抓著美工刀蹦蹦跳跳著。

「剛剛是暖身。」摩魔火說：「要玩眞的了，師弟，你準備好了嗎？」

「還沒、還沒……」張意駭然大吼：「老大、老大——他們全來找我，我一個人應付不了這……」他還沒喊完，嘴巴突然給塞了一團蛛絲，無法言語。

下一刻，十一個惡鬼對著張意展開了狂風暴雨般的攻勢。

張意唯一能控制的，就是那持著武器的右手。

十一個鬼在他眼前亂竄，速度快得超出了他的反應。邪教婆婆張口咬他手、虐待狂持刀割他腳、變態老師拿藤條抽他背、拐杖老人挺杖刺他肚子。

儘管摩魔火的操縱技術極佳，也難以同時應付這十一個惡鬼。

各式各樣的襲擊暴雨般落在張意身上，他甚至分不出身上又是哪個地方被攻擊了。

他用全力揮動手中的武器，連手上握著是什麼都搞不清楚，只知道一個武器離手就立刻抓起另一個，但如果他撿到像是剛剛那大鐵鎚般的「重武器」，摩魔火又會令他鬆手將武器扔下，不許他藉由背後大鐔魄質轉化的怪力，使出太過誇張、遠超出他能力範圍的攻擊。

他們從五金行中央打到五金行深處，撞開一扇門，打進一間怪異佛堂。

佛堂上有尊巨大神像，長得奇形怪狀，像是惡夢裡的扭曲怪物。那怪物嘶吼一聲跳入戰圈參戰，跟那十一隻惡鬼一同爭搶張意。

張意手上的鐵器打飛，便抓起佛堂桌上的法器來打，法器打飛，就抓起供品亂擲；他們打出佛堂，打入一處像是公寓後陽台的狹窄小道。陽台鐵窗外是一張張奇異鬼臉，張意抓起瓦斯桶禦敵，立時聽見摩魔火對他發出警告——瓦斯桶太重了，他得拿小武器。他甩出瓦斯桶，砸倒拐杖老人和虐待狂，順手拿下後陽台衣架，亂抽那自鐵窗上攀衝而來的霸凌學生。

後陽台末端又有一扇門，撞開後滾入一間女孩臥房。

女孩鬼躲在床上嚇得大哭，張意抓起床上娃娃就朝衝進來的虐妻男胡亂一擲。

衝出女孩房，是間廁所。一個大叔鬼正拿著報紙蹲馬桶，報紙和眼鏡也被張意扯去扔鬼。

打出廁所，是一處偌大的辦公空間。十一個惡鬼加上中途參戰的怪神像、受驚反怒的女孩鬼、被搶了報紙還沒穿上褲子的大叔鬼，十四隻鬼將張意團團包圍。

第二波惡戰再次展開。

辦公空間可以拿起當作武器的東西可也不少，液晶螢幕、鍵盤、剪刀、美工刀、馬克杯、電腦椅……

張意發覺摩魔火將左手也還給他了。

在四面八方的攻擊中，摩魔火得分心保護張意揹在背後那大罈子。儘管大罈本來便附著防禦法術，但惡鬼攻勢凌厲，摩魔火依舊不敢大意。

這場惡戰像是永無止盡。

07阿彌爺爺

在接近黃昏的時候，廂型車停在台北中永和相鄰街道裡一處小巷旁。

盧奕翰捧著那箱掃把星，與青蘋、夜路一同下車，走過街道，走入位於中永和相交處的四號公園。

「你們說那阿彌爺爺的書房，就在四號公園的國家圖書館裡面？」青蘋望著前方那造景水池後方的巨大圖書館。「你們說阿彌爺爺脾氣好，他應該是最好講話的一個吧。」

「誰知道。」夜路攤攤手。「小蟲哥雖然脾氣不好嘴巴壞，但他跟協會淵源深厚，至少明事理；花花幼稚園的園長跟小朋友們長期受協會照顧，協會要他們走，他們不走也不行。」

「阿彌爺爺脾氣雖好，但他一直未拿協會好處，且他老糊塗了，什麼都搞不清楚。他那書房雖然是結界，但大部分藏書卻是眞書，是他幾十年來許多老友四處搜刮去送他的禮物，當然其中也包括了我的書。那些書加起來有十幾萬本，我們可沒時間幫他打包，恐怕得半哄半騙才行。」夜路這麼說。

「什麼？」青蘋不解地問：「結界如果毀壞了，那些眞書還找得回來嗎？」

「不知道呀。」夜路搖搖頭。「可能會跟圖書館裡頭的書混在一起，也可能埋入圖書館地基裡，總之要一本不少是不可能的了。」

「是嗎……」青蘋望著黃昏景色，

夜路走在最前面，領著盧奕翰和青蘋穿過圖書館外那紅磚造景，循著樓梯走入圖書館旁的地下空間，來到一處像是員工辦公區域的灰色鐵門前。

「阿彌爺爺，我來看你囉——」夜路磅磅磅地敲著鐵門，還回頭對青蘋說：「待會會有工作人員來開門，但我不是找他，我是找阿彌爺爺……」

喀啦——

鐵門開了。

「我不是找你，我……」夜路哈哈一笑，正要將門推上，卻見到門內閃耀著昏黃光芒和透出陣陣木頭香氣。同時，那鐵灰色大門也變化成一面古舊樸素的褐色木門。

他連忙拉開門，對著裡頭那戴著厚框眼鏡、穿著青色長袍的駝背老頭說：「阿彌爺爺，這次動作怎麼這麼快？你剛好要出門？」

「快進來、進來！」阿彌爺爺一把抓著夜路手腕，將他拉進裡頭。

青蘋和盧奕翰也趕緊跟入門後，來到那條兩側立著一面面書架的曲折窄道裡。那些書架高矮、樣式都不一致，材質有木頭有金屬，共同點是都堆著滿滿的書。

「唔、唔唔……」阿彌爺爺緊張兮兮地湊在門邊，透過門縫向外探看半晌，才將門關實。

夜路見阿彌爺爺那枯瘦的手裡竟還拖著一支木刀，不免有些驚訝。在他的印象裡，阿彌爺爺是個跟打鬥完全沾不著一點邊的和藹爺爺。他上前問：「阿彌爺爺，你在幹啥？你拿著木刀想幹啥？」

「噓——」阿彌爺爺轉過身，緊張地對夜路比出「小聲點」的手勢，穿過他們身邊，回頭向他們招著手，低聲說：「進去說、進去說……」

三人便這麼跟著阿彌爺爺往前，才走兩步，便見阿彌爺爺停下腳步，指指前方地板——

窄道正中，擺了一個好大的捕獸夾。

捕獸夾上還放著一塊餅乾。

「小心喲，別踩著了。這些夾子一夾著東西，是不會鬆口的……」阿彌爺爺指著前頭那曲折甬道裡每隔三、五步就出現的怪異捕獸夾。

青蘋仔細打量那捕獸夾，只見捕獸夾側面竟還生著眼睛；小小的眼睛眨呀眨地隱隱閃爍綠光。

「阿彌爺爺，你放這些捕獸夾想抓什麼怪獸？」夜路見這甬道布置，吃驚地問。

「當然是抓壞人啦。」阿彌爺爺一面說，一面左顧右盼，像是生怕附近藏著壞人的眼線，偷聽他說話。「你們沒聽說嗎？最近壞人很厲害喲……他們逮著人就殺、四處亂打，打壞好多地方、打壞我好多老朋友的家喲！前幾天有個老朋友告訴我，說再過不久，那些壞人就要來佔我家、搶我這些寶貝書囉，他要我跟他一起逃，我才不逃呢！我要趕跑那些壞人喲！」

「咦？」阿彌爺爺說到這裡，頓了頓，神祕兮兮地望著青蘋和盧奕翰，拉著夜路說：「夜路呀，你還給我帶了客人來呀？」

「是呀。」夜路點點頭，向阿彌爺爺介紹起盧奕翰跟青蘋。「這是奕翰，你以前見過他；這是青蘋，是賣草人孫大海的外孫女喲，你認得賣草人孫大海嗎？」

「賣草人？」阿彌爺爺歪著頭想了想，說：「我認得賣草人呀，我跟賣草人很熟吶，他們——」

青蘋起初聽阿彌爺爺聲稱和賣草人熟稔，還以爲他有外公的消息；但聽他講出幾個稀奇古怪的名字，都不是外公孫大海，不禁有些失望——阿彌爺爺腦袋不太靈光，除了過去少數幾個交情深厚的老友記得清楚外，年輕異能者便只有夜路能和他順利溝通。其他人和他對話起來，簡直牛頭不對馬嘴，三分鐘前說的話，一轉頭便忘了。

「咦？你怎麼還帶了個小丫頭來見我。」阿彌爺爺盯著青蘋，見她站在夜路身邊，便問：「你娶老婆啦？」

「是呀、是呀。」夜路打著哈哈，然後對一臉錯愕的青蘋說：「別跟阿彌爺爺計較，他記性不好，他怎麼說妳順他的意就是了。」

「咦？」阿彌爺爺轉頭，見盧奕翰捧著個大紙箱，擺出臭臉瞪著夜路，便又說：「夜路呀，你搶人家老婆呀？」

「沒有、沒有！這些都是我朋友，我帶他們來看你們。」夜路連忙搖手，深怕越扯越遠，拉著阿彌爺爺繞過滿地捕獸夾，繼續往甬道深處走。

他們走到甬道盡頭，推開一扇門，進入一間挑高兩層樓的藏書室。那大藏書室的規模幾乎和一個中型圖書館差不多大，裡頭擺著樣式不一的大小書架、資料櫃。有些大書架有五、六公尺高，幾乎頂著天花板；也有好幾處和坊間租書店類似的多層書櫃構造，全都擺滿密密麻麻的書。

他們在書架間左彎右拐半晌，繞到一處角落，那兒擺著一張木頭書桌，一旁還有竹籐大躺椅。

青蘋沿途注意到這大藏書室裡除了書櫃和書之外，還有許多大門和小門。其中有些看上去就像一般民宅的門；但也有些古怪，不是小了幾號，就是呈正方形，又或是歪歪斜斜的不規則怪狀；有些門甚至不是貼在牆上，而是直接嵌在某些大書櫃的側面或者背面。

有幾扇貼在大櫃上的門，甚至微微敞開，露出與大藏書室截然不同的光芒，像是當眞能夠通往其他空間一般。

「每次來，都有點不一樣呢。」夜路倚著那木頭書桌，打量著周遭景觀，毫不客氣地捏起桌上小碟子裡一塊餅乾，放入口裡嚼。「假如有天我變成鬼了，我也來弄個結界止戰區，跟阿彌爺爺這地方差不多——我得弄個專擺自己作品的專區。」

「你在我這兒有專區呀，你每次來都會帶你寫的新書給我，這次你又出新書啦？」

阿彌爺爺絲毫不介意夜路的無禮，他邊說邊走到角落一扇門前，推門進去。「我拿點心給你們吃喲。」

「來。」夜路拉著青蘋，來到一處大書櫃前，指著其中一角。那兒一整格空間，便只放夜路寫的書。幾十冊書旁，還擺著夜路的簽名板。「這幾個櫃子算是名人堂吧，阿彌爺爺眼光精得很，不是誰的書都能擺上來的。」

「夜英雄……」青蘋取下一本書，唸著書名，那是夜路先前長期連載的神怪武俠小說。「這些就是你寫來打發青蛙老闆的小說啊？」

「什麼寫來打發青蛙老闆的小說……」夜路連連搖頭，說：「這可是我的生涯代表作呢。這部小說的問世，將我的寫作生涯推上了另一個高度。只是我並不滿足我過去的文學成就，而是決定放棄已擁有的類型資產和長久經營的讀者群，去挑戰另一個我未曾接觸過的領域。我知道這樣的企圖和決定未免太過狂妄，但是我……」

「夜路，晚點再聊你那些偉大的文學理想，先搞定這箱掃把星……」盧奕翰捧著那箱掃把星，不耐地走到夜路身旁，用手肘頂了頂他。

「老兄。」夜路瞪大眼睛。「你也知道我那些理想很偉大，偉大的東西怎麼能被這樣輕率打斷？你尊重一下我好不好？」

「我也覺得先討論結界的事比較好……」青蘋連連附和盧奕翰，像是對夜路口中那「過去達成的文學成就」跟「將來的文學目標」一點興趣也沒有。她說：「我們得讓阿彌爺爺知道事情的嚴重性，好好跟他講清楚……」

「不不不……」夜路見沒人對他的廢話感興趣，倒也識趣地訕笑兩聲後便言歸正傳。「先別急，交給我。這個地方是阿彌爺爺的地盤，你們可以不尊重被列入名人堂的我，但不能不尊重阿彌爺爺，至少……」

「別和他撕破臉。」夜路一邊說，一邊拉著盧奕翰胳臂，將他腦袋扳向廚房方向。對著那走出廚房，捧著一大盤餅乾和一壺果汁的阿彌爺爺說：「阿彌爺爺，我帶朋友來看你啦，你最近都在忙什麼呀！」

「我忙著準備打壞人喲。」阿彌爺爺聽夜路這麼問，立時神祕兮兮地將餅乾和果汁放上桌，招呼著盧奕翰和青蘋來吃，一面低聲說：「有壞人要來搶我這些書，我要打跑他們喲。」

「你知道是哪些壞人嗎？你要怎麼打跑他們？」夜路單刀直入地問：「你有什麼計畫？只有外面那些捕獸夾？」

「不只喲。」阿彌爺爺眼睛閃爍著興奮的光芒，從那大木桌上翻出冊老舊筆記本，翻了幾頁，遞給夜路。「我花了不少工夫布陣喲。」

夜路翻了翻那筆記本，上頭那些筆記文字潦草得難以辨識，但其中幾張圖他倒是看得懂，畫的是四號公園的大致地形。

他對照著結界裡捕獸夾長廊處的記號和文字，推斷其他地圖上的記號，應當也是一些類似的陷阱和防禦工事。

他心想倘若一處記號便代表一處陷阱，表示阿彌爺爺當眞花了不少工夫，在這整個四號公園裡布下超過三十處大小陷阱。

「嗯……」夜路隨手將筆記本遞給盧奕翰，又問阿彌爺爺：「你確定這些機關可以打跑那些想要來搶你寶貝書的壞人嗎？他們很厲害喔。」他見阿彌爺爺對拿著他筆記的盧奕翰和一旁的青蘋露出茫然神情，立時補充：「他們是我在協會裡的朋友，一起來看你。是來幫你的。」

「夜路人眞好，知道阿彌爺爺有難，帶了協會的人來幫我喲。」阿彌爺爺呵呵笑了起來，又神祕兮兮地說：「那些人很厲害我知道，但我有對付他們的辦法喲，我知道他們用來興風作浪的壞東西，那叫作『壞腦袋』──壞腦袋會讓所有人發瘋！」

阿彌爺爺說到這裡，又從抽屜裡拿出一本書遞給夜路。

整本書不論正反，全都漆黑一片。

書皮上一個字也沒有。

翻開來，書頁裡同樣漆黑、同樣一個字也沒有。

夜路正想發問，便見阿彌爺爺右手托著一個奇異小燭台，左手捏著一小撮灰色粉末灑在燭火上，燭火立時閃動起五色光芒。

阿彌爺爺將那燭台托近書頁，本來漆黑的書頁竟浮現出一個個紅色文字。

那些字既非中文也非英、日文，甚至不像是世上任何一種已知文字。

「這本書裡寫的全是壞腦袋的祕密喲。」阿彌爺爺指著他那黑皮書裡其中一頁，神祕兮兮地對著夜路說：「我知道怎麼對付壞腦袋。」

「這就是壞腦袋？是人的大腦？」夜路盯著阿彌爺爺指著的那東西，那是個紅色圖案，形狀接近圓形，左右對稱，看起來確實像是人類的大腦。

「不是人的腦喲。」阿彌爺爺說：「是魔的腦。」

「阿彌爺爺……」盧奕翰皺眉盯著那黑皮書頁上的大腦，問：「你是說……他們用這大腦，來操縱……其他人的大腦？控制大家的意識？」

「壞腦袋不但可以控制你的大腦……」阿彌爺爺說：「還可以控制任何事喔！例如……可以在本來的房子外頭，再長出一堆稀奇古怪的房子。」

「哦！」盧奕翰和夜路相視一眼，他們本以爲阿彌爺爺只是將外頭那黑夢認成某種他以爲的法術，但聽阿彌爺爺提及壞腦袋能夠控制其他人的大腦，還能讓房子再長出房子，這敘述聽起來和黑夢的確十分相似。

「那些房子呀，就像是頭蓋骨。」阿彌爺爺繼續說：「壞腦袋需要頭蓋骨保護，那些房子就像是他的頭蓋骨，他會讓頭蓋骨不停不停長。」

「壞腦袋、頭蓋骨……」夜路又問：「阿彌爺爺，你這本黑書從哪弄來的？是誰給你的？」

「這本書呀……」阿彌爺爺皺起眉頭，努力想著自己究竟是從哪個老朋友手中拿到這本書的，他苦思好半晌都想不出來，無奈地說：「年紀大了，什麼事都忘囉……阿彌爺爺我年輕時，什麼朋友都交過，大家知道我愛看書，老是送我書，哪本書是誰送的我都忘了。」

「這看起來像是本筆記本……」夜路湊著燭火翻過幾頁，他雖認不得那些奇形文字，但見裡頭文字參差歪斜、段落隨興交疊，甚至有不少塗改痕跡，顯然不像是正式書籍。他轉頭望向盧奕翰，說：「這該不會是黑夢發明者的筆記吧。」

「有這種事……」盧奕翰上前看了半晌沒有頭緒，便取出手機問：「阿彌爺爺，呃……我是夜路的朋友，協會的人，你介不介意讓我拍幾張照片給協會瞧瞧？說不定有認得這種字的人。」

「行、行、行。」阿彌爺爺倒是十分大方，還指著自己那張堆滿書籍資料的木桌，說：「隨便拍、隨便拍……協會派人來幫我打壞腦袋呀，眞講義氣。」

「咦？」盧奕翰湊著燭火，對那黑皮書拍下幾張照片，隨手檢視，卻發現照片裡雖也有燭火光芒，但書頁卻是漆黑一片，被燭火映出的紅字卻無法被相機攝入。

他和夜路又試了幾次，結果依然相同，盧奕翰只好轉而拍些阿彌爺爺桌上的筆記資料，將這發現上報協會；夜路則將那黑皮書還給阿彌爺爺，問：「阿彌爺爺，我們先不管壞腦袋的事，我們來談談壞人好了。那些壞人……很多，你知道嗎？我的意思是，你打跑五個，又來七個，怎麼辦？」

「那我把那七個也打跑。」阿彌爺爺這麼說。

「那隔天又來八個呢？」夜路說：「你只有一個人。」

「還有你呀。你不是說來幫我？還有、還有……他們，你說他們……他們是……」

阿彌爺爺說到這裡，頓了頓，瞇起眼睛望向青蘋和盧奕翰。

「他們是我朋友，跟我一起來看你的。」夜路說：「阿彌爺爺，我這次是來告訴你，這些壞人眞的、眞的、眞的很厲害。你對付不了他們。」

「我對付得了。」阿彌爺爺十分堅持。

「……」夜路和阿彌爺爺相望半晌，點點頭，指指盧奕翰、又指指一旁裝著掃把星的大紙箱，說：「協會派我們來幫你打壞人，我們帶了祕密武器來；這些是放屁草，我們把這些放屁草放在四周，等壞人來，我們施法啓動放屁草，臭暈那些壞人！他來七個就臭倒他七個、來八個就臭倒他八個。」

「這放屁草這麼厲害？」阿彌爺爺像是對那箱「放屁草」頗感興趣，他連連向盧奕翰和青蘋鞠躬道謝。「多謝協會朋友仗義相助喲，我阿彌一定會報答你們的……來來來，來吃餅乾，夜路最喜歡吃我這些餅乾了……」

「壞人沒來之前，千萬別碰這些放屁草喲，不然弄醒他們，沒臭死壞人，反而臭死我們了。」夜路一面叮嚀，一面拿起一塊餅乾嚼著。

08異手大戰

「咦？」張意睜開眼睛，見到的是伊恩和孫大海的背影。

他離伊恩頗近，背後大鐔上一條棉線上的銀針正刺在伊恩肩頭，源源不絕的魄質漿汁循著棉線流入伊恩肩膀裡——這是這些天伊恩餵食鬼噬，同時補充體力的方法。

張意轉身，見到持著三味線負責斷後的長門。

長門對他笑了笑，撥撥戒弦，神官隨即開口：「辛苦你了。」

四周仍是那黑夢的巨大建築內部，此時四周是古怪的水泥方柱，方柱上穿出許多外露的鋼筋，天花板爬滿了奇異管線，這環境看上去像是處破停車場，但一輛車也沒有，反倒是有些水泥方柱底下堆著各式各樣的破爛家具雜物。

「怎麼回事？我怎麼了？」張意訝然地問，他此時手腳都受摩魔火的蛛絲控制，大步往前走。

「醒啦。」伊恩回頭，朝他笑笑。

「師弟。」摩魔火說：「昨晚你表現不錯。」

原來張意昨晚在摩魔火控制下，與那十一個惡靈一路大戰進一處辦公空間，沿途還引來更多惡鬼參戰。

亂戰之中，摩魔火爲了專心保護那魄質大罈，不再控制張意左手。沒摩魔火幫忙操縱左手靈活防禦，張意一下子亂了手腳，接連受襲，後腦被那霸凌學生鬼搬著小櫃重砸一記，登時暈了過去。

摩魔火眼見情況不受控制，連忙噴射蛛絲，結成一只人偶，再貼上一張事前備妥的擬人符——擬人符經伊恩施術，上頭黏著張意頭髮；整具絲偶雖不如孫大海那假身逼真，但也足以讓惡鬼們當成活人。

摩魔火扔出絲偶的同時，也在張意身子貼上擬鬼符，一時間假變成眞、眞變成假，十來隻鬼轉向搶奪那貼上擬人符的絲偶，暈死的張意則在摩魔火操作下滾出戰圈，循著原路逃回原先的怪餐廳，向伊恩報告戰果。

伊恩見張意渾身是傷，知道他已盡力，便也未弄醒他逼他再戰，而是讓長門替他治療，配合罈中魄質加速他身體復元，讓他好好睡上一覺。

此時他清醒之後，才知道早已過了一夜。他在摩魔火操縱下，跟著伊恩等人趕了好一大段路。

這怪異大停車場的盡頭有許多門，孫大海找著了一扇他做有記號的門，推開來，又是古怪廊道。他們又繞了半小時，終於繞回孫大海藏身的老樹下。

本來的小公園被埋入怪異老宅廳堂中，頭頂那吊扇正如孫大海所說，吊著一個人。

「接下來，應該往那個方向走……」孫大海思索著自家花店的方向，領著伊恩等人推開另一扇門繼續往前。由於孫大海的沿途記號只到這爲止，接下來他們必須憑著大致方位，來判斷哪條廊道、哪一扇門才更接近花店。

「老大……」張意捏捏胳臂，拆開身上包裹的蛛絲，昨夜的傷幾乎都痊癒了，他回想昨夜摩魔火說的話，怯怯地問：「師兄說……你訓練我，是爲了讓我當你的接班人？是我聽錯了還是……你要我當晝之光老大？」

「師弟。」摩魔火立時糾正。「是當伊恩老大的身體，晝之光的老大永遠都是伊恩老大。」

「如果你願意，且能力足夠，我絕對樂意讓你接手。」伊恩說：「但在那之前，你得聽我指揮。」他頓了頓，又說：「我知道這聽起來好像有點誇張，但這似乎是唯一可行的方式了……你是這日落圈子裡古往今來的人鬼魔裡，極少數能夠自由穿梭黑夢的人，你的天賦加上我的經驗，再加上七魂，才有可能擊敗安迪，反敗爲勝。」

「老……老大……」張意面有難色地說：「我的意思是……你們在做這些決定的時候，完全……完全沒有考慮過我的想法嗎？爲什麼……我的人生不能由我自己決定？」

「我當然考慮過你的處境。」伊恩聳聳肩說：「現在你嚇傻了，不明白這一條路其實也是你唯一的生存之道。」

「我唯一的生存之道……」張意茫然地喃喃覆誦。

「師弟，你還想不通嗎？」摩魔火說：「我不是跟你說過了，你以爲的自由人生，在碰到邵君那女魔頭的當下，就已經結束了。你回想一下，從前幾天到現在，你在任何一個時刻離開老大、離開長門小姐和我，處境只會更壞，不會變好。你以爲還能和以前一樣自由自在吃喝玩樂嗎？」

「雖然你能自由穿梭黑夢，但當時如果沒有碰到老大，那女魔頭早把你拎進黑夢深處做實驗了。」摩魔火繼續說：「就算讓你逃回你那破家，接下來呢？沒有老大施法消除你的人氣、沒有老大的結界保護你，那些衛兵很快就會找到你，你連搭上長途交通工具逃遠的機會都沒有。自由穿梭黑夢的能力不只對我們有用，對黑摩組那些傢伙同樣是重要的寶物，你以爲他們會讓你像以前一樣地自由過日子嗎？你要認清現實，你是顆價值連城的珍珠，但你需要我們這些蚌殼保護你；我們保護你的目的，是利用你的力量反過來保護我們自己。我們從相遇的那一刻開始，就已像是唇齒一樣共存亡了。」

「……」張意無話可說，這些天來，他充分見識到黑夢的力量。他雖然不受黑夢影響，但對於出現在眼前的各種妖魔鬼怪，卻毫無抵抗之力。

「所以，別怪師兄我對你太嚴格。」摩魔火繼續說：「你到現在都還沒有危機意識，那是因爲老大太強了，強到讓你以爲天塌下來，只要有老大擋著，就什麼事都沒有。現在你心態上就像是個參觀遊樂園鬼屋的小朋友，覺得自己什麼都不必做，只要尖叫就能平安走出鬼屋。很快地你會發現，這不是遊樂園，而是眞實的末日降臨。你不能期待睡一覺醒來世界就恢復原狀、死去的朋友和家人不會復生。再過不久，你會漸漸承認被我們強迫學跑學跳，也好過什麼都沒學。」

「眞實的……末日降臨？」張意仰起頭，見天花板那密密麻麻的奇異管線，有些猶自滴著黑水。遠處牆面上有些小窗，窗面模糊骯髒，隱隱透出青色或是紅色的詭異光芒。

□

「咦？」孫大海推開一扇門。

門裡是一處看上去猶如六、七〇年代的老舊客廳——擺著裝有木頭門板的老電視機、青色鐵絲框架的電風扇、褐黃色大藤椅。

牆上幾張海報裡的年輕影視紅星，現在年紀大得足夠當張意或長門的爺爺、奶奶了。

眾人站在門後，遲遲不敢進門——因爲那透進陽台、映入客廳地板上的和煦陽光，美麗溫暖得極不眞實，猶如捕鼠器上的乳酪。

伊恩閉眼，伸手輕拂了拂右眼皮、再點點鼻尖，跟著睜開獨眼，仔細掃視整個老舊客廳和陽台天色好半晌，還蹲下伸手輕敲那客廳地板。

他察覺不出什麼異狀，這才領著眾人踏入那老客廳。

眾人矮著身子走入陽台，那陽台外沒裝鐵窗，視野極佳。眾人探頭往下看，只見斜對面那整排公寓正是孫大海的花店公寓——

跟他們原先的想像不同，黑夢建築群並未將孫大海的花店公寓整個覆蓋吞噬，而是在花店公寓周遭留下一大片空白，像是刻意讓那排公寓周遭維持原狀般。甚至鄰近那排公寓的黑夢建築，也比其他地帶低矮了些。

倘若從空中向下望，這排花店公寓連同前後巷弄，在周遭巨大建築群中便猶如一處杏狀天井構造。

「咦？」孫大海探頭向下窺看半晌，遠遠只見他那花店公寓樓頂花圃旁站著兩個人，一個身材瘦高，拿著根水管不停朝花圃澆水；另一個身材矮胖，忙進忙出，將一盆盆植物搬上頂樓，調整位置。

「那些傢伙是在幹啥呢？」孫大海皺著眉頭，跟著發現他種在花圃裡那幾株傳訊植物仍好好活著，他盯著那幾株傳訊植物的枝葉姿態，轉頭對伊恩說：「屋子裡有不少人……」

「陷阱。」伊恩望著底下那公寓周邊巷弄，他們此時身處樓層，則大約在十樓左右。他說：「路面有『黑火』、一樓那些門裡有許多『獸籠』、二樓的高度有『陰雲』跟『黑鬚』……這些都是常見的四指陷阱咒術。」

伊恩在自己的獨眼和鼻子、耳朵、舌頭、手指上都施了法，他能看見、聽見、聞見、摸見甚至是嚐著空氣中那些陷阱和伏兵隱隱透出的微弱魄質變化——異能者與鬼、魔彼此間隱藏和察覺氣息的能力孰高孰低，端看施術者的道行和技巧而定。

伊恩是這日落圈子裡千奇百怪異能者的至高者。他想隱匿，絕大多數對手都察覺不出來；他想追蹤，對手則逃無可逃——這也是這些天來，在他帶領下，一行人在這黑夢途中絕少遇上惡鬼糾纏的原因。

「陷阱？」孫大海皺眉自語：「難道他們發現有顆種子是假的，猜到我將種子放在附近，想騙我回來找種子……」

「這是可能之一。」伊恩說：「第二個可能，這些東西就只是單純的防禦措施而已……」伊恩說到這裡，回頭向張意和長門解釋：「我聞不到黑摩組五人的味道，也許他們也藏得很好，又也許，他們不在這裡——黑夢越來越大，但他們終究只有五人，會漸漸分身乏術。你們要記住這一點，這會成爲黑夢最大的破綻。」

黑夢高樓上那些大眼衛兵猶如監視攝影器般盯著四周，一發現風吹草動，便發出警報號令，但隨著黑夢範圍極速擴張，黑摩組五人即便努力招募新手，也難以掌控全境——尤其那些新手都是短期內加入黑摩組，不但經驗不足，便連指魔都未練熟，全仗著黑夢的力量橫行無阻。

「許多黑摩組菜鳥如果不直接使用黑夢的力量，根本是外行人。」伊恩對長門說：「記住，碰到那些菜鳥，能偷襲就偷襲、能游擊就游擊，陷阱、追蹤、隱匿、暗殺……這些作戰技術和經驗，他們還沒學會。」

「我明白了……」孫大海又看著自家頂樓花圃半晌，突然開口說：「他們搶得了神草，卻不懂得怎麼種。我的店裡除了筆記資料，還有許多特殊肥料跟土壤，他們想直接用我的土、我的肥料和我的花圃來種那些神草；想直接將我那間店和整棟樓改造成他們的專屬菜園……」

「有可能。」伊恩點點頭，看著那底下四周刻意空出的區域，看著天上晴陽，又見公寓樓頂那矮胖男人調整花盆位置。在整排公寓更遠處，甚至有人持著工具在拆卸公寓頂樓某些加蓋建築，且有人不停搬上新磚和一袋袋土。果眞像是想對整排公寓進行大改造。

「他們不知道我那些神草不用日照也能活。」孫大海說：「所以刻意在黑夢裡留出這塊日照空間，以爲這樣可以種得好些。」

「你把種子藏在哪？」伊恩問。

「後面。」孫大海指著花店方向說：「我把種子藏在花店後門水溝蓋裡，但在附近水溝都能找著它。」

伊恩點點頭，說：「我們兵分兩路，我現身引開他們所有人，長門保護孫大海拿種子。」

「咦？」張意呆了呆，問：「那我呢？我留在這裡觀察嗎？」

「觀察個屁！」摩魔火拍了拍張意腦袋，拉動蛛絲，操縱著張意身子轉回那老舊客廳，說：「挑樣武器。」

「還來啊——」張意見摩魔火又想玩同樣的把戲，哀號幾聲卻也莫可奈何，他心想有那大鐔魄質加持，便想挑樣重武器，卻又怕摩魔火不准他「作弊」，只好盯著立在牆邊的鐵罩小電風扇和掃把，像是猶豫該挑哪樣。

「這次情況不同。」摩魔火卻說：「你可以拿大傢伙。」

「什麼？」張意呆了呆，來到電風扇旁，指著電風扇下那小木櫃說：「這也行。」

「你搬得動就行。」摩魔火說：「這次對手是黑摩組成員，不是普通惡鬼。」

「那我要這個。」張意聽摩魔火那麼說，索性搬起一旁那有著四隻木腳的拉門式老電視機。

「你高興就好，快，老大要行動了。」摩魔火這麼說，拉動蛛絲操縱張意身子，奔向陽台。

「什麼？要從那裡下去？不找下樓的路嗎？」張意見伊恩一翻身已經踩上陽台牆沿，一副想往下跳的模樣，不禁驚恐大喊：「這裡有幾十層樓高耶——」

「放屁，哪有那麼高。」摩魔火說：「頂多十一、二樓，我數過了。」

「什麼——」張意哇的一聲，只感到身子一竄，也踏上陽台牆沿。

伊恩的七魂纏在腰間，右臂僵硬垂著，他以左手點了點額，解開所有隱匿法術。跟著，他轉頭望著張意，淡淡笑著說：「張意，這可能是我最後一次用這副身體拿著七魂戰鬥了。睜大你的眼睛，看清楚我所有動作、聽清楚我每一句話……」他說到這裡，指了指腰間七魂，補上一句：「認識一下你往後七位好友。」

倏倏倏——

尖銳刺耳的暴風在公寓周圍旋起，遠處高樓上的大眼衛兵，同時望向伊恩，花店一樓衝出幾個人，指著伊恩大聲嚷嚷起來：「那邊有人！」「那是誰？」「他帶著武士刀！」「他的肩膀插著東西！」「難道……難道是他！」「快通知宋醫生……」「他來了——」

整排公寓二、三樓也紛紛有感受到異狀的黑摩組成員急著開窗，往這頭望來。

他們見到伊恩，猶如見到了恐怖魔王。

解開隱匿氣息法術的伊恩，瞬間就成爲四周所有黑摩組成員的注目焦點。

伊恩踩著陽台牆沿站起。

他那雙破爛鞋子和牛仔褲、爛外套外捲起異風，他那不知幾天未洗的棕髮迎風飄往耳後，露出那缺了眼球的左眼窟窿；他那插著鬼噬長釘的腫脹肩頭消腫許多，裡頭的惡鬼像是受到強力鎮壓而不得不安分一般。

伊恩腰間銀光閃爍，一束束銀絲自繩結竄出，在伊恩背後束成好幾束竹竿粗細的銀柱，八支銀柱各有兩道轉折，呈閃電狀分立在伊恩背後，猶如兩片翅膀的骨架。

以往伊恩總是這般在黑夜中現身，背後的閃電骨翅狀銀柱讓他看上去猶如天下無敵的復仇天使。

伊恩躍了起來。

張意也跟著躍起，在空中驚恐大叫起來：「師兄，你——」

「閉嘴！」摩魔火不耐地用蛛絲塞滿張意嘴巴，不讓他的哀號減損了伊恩這最後的威風氣勢。張意的背後也早豎起和伊恩相似的閃電翅膀骨架，不同的是摩魔火吐出來的銀絲骨架上微微閃現著紅火。

倏——在伊恩落地的前一刻，他後背那閃電翅膀骨架陡然張開，末端向下伸長，八支銀柱搶在伊恩雙腳著地前先行觸地——

那不是翅膀，而是八隻仿蜘蛛長足；作用不是飛天，而是落地時的緩衝。

伊恩甫落地，銀足立刻收合成閃電翅膀骨架狀。同時，四周暗雲大捲、路面火焰噴發；二樓處鞭下一條條黑鬚，四周黑夢建築那些門和窗紛紛揭開，竄出一頭頭惡獸——

他觸發了黑摩組設下的陷阱——黑火、陰雲、黑鬚、獸籠。

轟！張意也捧著大電視機落地，他高高捧著那大電視機，以致於讓他根本瞧不見眼前的伊恩。摩魔火發覺了這一點，氣得搶回他雙手的控制權，將那老電視機重重砸在地上。

「唔唔——」張意口裡被塞了蛛絲團，無法言語。只見天上的陰雲竄出生著眼睛的怪異鬼火，四周黑夢建築門窗衝出了長著兩或三顆腦袋的怪獸，七、八個手帶戒指的黑摩組成員奔出花店，將他和伊恩團團圍住。

「謝謝你們，最後一次和我這副身體並肩作戰。」伊恩左手握住七魂刀柄拔刀出鞘。

刀刃閃動銳利的紅光，那是伊恩的情人。

三隻衝向伊恩的惡獸中，有兩隻被齊腰剖半，一隻被斬去腦袋、摔在張意腳邊。

左前方又一批惡獸衝來，同時路面黑火咒發動，幾道大火同時燃起，眼看就要將伊恩和張意吞噬。

伊恩以刀柄輕輕一挑，纏著他腰間的銀繩自動解開，拖動刀鞘往下一插，豎在伊恩腳邊，鞘身前端一側黃光閃動——

一個矮小駝背的老者盤腿浮空於刀鞘上方，那是七魂中的明燈。

明燈雙手捏著符，往地上一灑，瞬間滅了四周黑火，同時還在伊恩和張意周遭展開一圈青森森的防禦結界，將新捲來的黑火擋在結界外頭。

同時，另一個巨大身影自刀鞘末端的符字中竄出，是一個身穿厚重青色日式甲冑的大傢伙，那大傢伙手上持著一柄日式長槍，那長槍頭端銳刃似矛似劍，能刺能斬。

「那大個子是霸軍。」摩魔火說：「是老大過去在協會裡的得意門生之一，老大手下第一猛將！霸軍會的法術不多，但穿上家傳甲胄、拿起長槍，就強得不像話——當年倫敦總部遭受突襲時，霸軍一人死守一條要道，擋著一整隊四指成員超過兩小時，成功掩護協會高層撤退……那時霸軍面前那些狠辣對手，一對一都不見得會打輸霸軍，但他們硬是花了兩個小時才制服霸軍、衝過防線。」

「你們應該都只聽過我，沒眞正見過我。」伊恩左手持刀，刀尖指向前頭十餘名四指成員，大步朝他們走去。「都是年輕孩子，偏偏加入四指，可惜了。」

「師弟，張大眼睛看清楚！」摩魔火這麼說，操使著張意雙腿，緊緊跟在伊恩身後。

七、八頭凶惡異獸自斜後方撲來，想自後方突襲伊恩和張意。站在七魂刀鞘前的霸軍橫舉長槍，攔下三隻張口惡獸，任由另外四頭惡獸咬上他小腿、前臂。

霸軍青色甲胄那護臂、護腿被咬著的地方發出雲霧般的青煙；他晃開三頭惡獸，一槍刺穿一頭啃咬他小腿的惡獸；再一把掐起另一頭惡獸，抬膝頂飛；他毫不閃避那些惡獸噬咬——霸軍體型本便高大，穿著甲冑動作更加緩慢；他避不開攻擊，索性不避，而是以甲冑和肉身承受對方的攻擊，然後粗魯地還擊。

十餘名黑摩組年輕成員紛紛摘下戒指。

他們有的像是學生、有的像是上班族、有的像是工人、有的像是流氓、有的甚至穿著警察制服——他們全是黑摩組這些時日招募而來的新成員。

黑夢在控制人心智的同時，似乎也能激發出某些人體內的奇異潛能，張意想起小弟凌子強前陣子突然沉迷異能奇術，成天覺得自己突然擁有了超能力，或許也是因此之故。

「手指都很新，都煉得不夠。」伊恩看著數名摘下了戒指、窮凶極惡朝他奔來的四指成員，搖了搖頭，揮刀斬過跑在最前頭那傢伙的頸子。

那腦袋飛上天的傢伙，甚至連指魔之力都尚未完全催動出來，他摘下戒指的左手變色變形，指魔力量才剛自無名指竄入他五臟六腑，主人腦袋便飛離身子。無處發作的指魔騷動狂亂起來，強驅著那副無頭身體左右亂打，甚至轉身攻擊同伴——指魔若無主人施法壓制，便會發狂失控。

伊恩回身一刀，斬下另一個黑摩組成員手腕，斷除他指魔力量來源，一腳踩著他那發作斷手，幾道黑影自伊恩手上七魂護手竄出，循著伊恩胳臂、腰際、大腿飛快打進他腳下的斷手，炸出一陣陣激烈影霧。

「無蹤你先前見過，他是老大貼身保鏢，住在七魂護手裡。」摩魔火說。

張意從懷中抓出一個玻璃瓶，這是他沿途吹飽了氣的瓶子——摩魔火怕他又炸壞手，便只讓他吹氣，一路下來他也不知朝瓶子裡吹了多少口氣，瓶口上還塞著一團符錐，是百斬符。他口袋裡也藏著幾枚符錐。

張意舉著玻璃瓶，像是舉著槍一樣緊張兮兮地胡亂瞄準。

「師弟！沒我命令你別亂開火，要是把符射到老大身上，我會扯爛你！」摩魔火這麼說，還不忘補上一句：「雖然無蹤在，你那破爛東西沒辦法傷到老大，不過我還是會扯爛你，聽見沒？」

「……」張意在混亂中也無心應答，他只記得先前救出孫大海時，靠的便是無蹤那俐落拳腳。

此時無蹤鬼影對著伊恩腳下的斷手一陣亂打，還將那指魔硬生生拉出斷手——現出原形的無蹤，全身依舊一片漆黑，甚至看不清臉面；他個頭不高，拳腳快得如同飛電，對著那指魔一陣暴打，還順手踢飛四面竄來的幾頭惡獸。

伊恩繼續往前，三刀斬死三個黑摩組成員。

後方插在地上的七魂刀鞘，隱隱可見那銀色繩結處有條銀絲長長地與伊恩手腕相連，還連著他背後上那些銀色骨翅。

伊恩搖搖手，明燈和霸軍瞬間竄回鞘裡，銀絲一緊，刀鞘旋起，再次落在伊恩身後，霸軍又竄出來，揮動長槍與那自後包抄而來的黑摩組成員大戰。

天上幾團陰雲聚來，竄出一隻隻凶鬼，那些凶鬼凝聚成幾個一層樓高的巨大人形，圍住霸軍惡戰；一道道黑鬚竄下，往伊恩四肢捲來，被七魂刀鞘銀繩結竄出的銀色蛛絲網子擋下；數十隻自獸籠陷阱竄出的惡獸，奔過黑摩組成員身邊，往伊恩和張意撲去，伊恩左右揮刀，刀身掀起一陣陣炫目紅光，紅光所及之處，惡獸全成了碎塊。

後頭張意捧著瓶子，對準了一個朝他走來的陰雲巨怪唸出開封咒語——

符錐飛旋射出，在那陰雲巨怪面前炸出一陣銀光，幾十道銀光亂斬，將巨怪斬得支離破碎，然後又聚合成形。

「那鬼東西斬不死？」張意駭然大叫，搖搖瓶子，覺得裡頭的壓縮空氣或許只能再發一發符錐，他伸手在口袋裡掏摸一陣，隨手摸出一枚符錐，按進瓶口裡。

「斬不死！要用燒的，用烈火符！」摩魔火這麼提醒，同時操縱他身子避開一頭惡獸撲擊，同時還噴了股帶火蛛絲，捲倒那惡獸，燒得牠嗥叫不已——摩魔火的背上也插著自那魄質大鐔伸出的棉線銀針，有著源源不絕的魄質供應，讓摩魔火也有吐不完的蛛絲和火。

「烈火符？」張意瞧瞧瓶口，他插在瓶口裡的又是一枚百斬符。他只好往口袋掏摸半晌，找出烈火符，跟著不停在瓶口摳著，像是想將百斬符拔出，重填彈藥。

「別婆婆媽媽——」摩魔火怒罵一聲，竄在張意手腕搶下他那烈火符錐，以蛛絲跟百斬符錐纏在一塊兒，跟著拉動蛛絲控制他雙手，將瓶口對準了衝來的陰雲巨怪，喊：「師弟，開砲——」

「開！」張意猛一大喊，一口氣放出瓶子裡所有空氣，百斬符黏著烈火符，一同射向那巨怪，轟地炸出一陣火焰刀影。

這次那陰雲巨怪無法再還原身子了，它不但給斬成數十塊，還被烈火燒得蒸發無蹤。

另一邊，長門趁著伊恩吸引了所有人注意的空檔，持琴撥出幾股銀流，捲著孫大海往樓下躍去，在空中彈出數股銀流撐地緩衝，兩人安穩著地。

四周黑火捲來，都被長門銀流打散，神官也替長門引開幾頭衝來的惡獸，掩護兩人來到公寓後方。

孫大海奔向一處水溝蓋，費力揭開鐵蓋，對著裡頭水泥壁面敲敲扣扣，喃喃喊話。只見一隻巴掌大的小烏龜，搖搖晃晃地自水溝側面孔道裡探身走出，一路走到孫大海掌上，還用腦袋蹭著孫大海的掌心，與他十分親暱。

那烏龜龜殼上，黏著一坨湯圓大小的濕土塊，濕土塊冒出一株小芽。

「哈哈。」孫大海見了小芽，開心大笑起來，連忙將小烏龜連同背上土塊和小芽，一併放入一個青色小布袋裡，再藏入身上口袋中。

「底下有人，他們在幹嘛？」

頂樓傳來一陣叫嚷聲，是剛剛那在頂樓澆花搬盆的一高一矮兩個年輕男人——狂筆和荒木。

他倆不久前將青蘋劫到自己的小據點裡，甚至一度制服了靈能者協會的除魔師盧奕翰和外包案件中間人夜路，本以為立下大功，卻在最後關頭讓他們逃了；狂筆連那能夠控制黑夢的黑木牌都給搶去。

他倆在黑摩組裡的地位因此一下子降了不少，被調來這地方幹些苦力打雜的瑣事。

「是個妹子跟個老頭？」狂筆瞪大眼睛朝樓下望，突然驚叫：「哎呀，難道是孫大海跟他外孫女？」

「那是他外孫女？」荒木咦了一聲，推著眼鏡說：「我看不大像呀，上次我們綁的那女孩明明是短髮……」

「管他呢！」狂筆大叫：「把他們弄上來，慢慢拷問，翻身就看這一次了，荒木——」

荒木自領口掏出黑木牌，在手上晃了晃。

「咦？咦咦？」孫大海哎呀幾聲，突然感到天旋地轉，腳下的地板逐漸翻成轉側面又變成天花板，整個天地像是翻轉了一百八十度般。

他覺得身體正往下墜去；但在狂筆和荒木眼中，孫大海則像是自地上飛起。

孫大海在空中轉昏了頭，手舞足蹈地不知所措，突然感到腰間纏上一股銀流，穩住他身子——一旁的長門雖然和孫大海同時「墜落上天」，但她卻一點也不緊張，在空中撥弦拉住孫大海。

倏——

長門和孫大海飛快竄過樓頂牆沿，卻不再繼續飛升，原來長門瞬間撥出幾條銀流，捲上四周植物和盆栽，以及四周壁面管線。

她雙腳踩上圍牆，長髮豎起——對長門而言，她是以銀流倒吊著自己。

她瞪著嚇退好幾步的狂筆和荒木，猛一撥弦，兩股銀流銳刃急速射向二人。

「哇——」狂筆和荒木驚恐想避，卻撞成一團，狂筆的右胳臂飛離了身子，荒木持黑木牌的左腕也給切下。

「唔！」孫大海在空中只感到天地再次翻轉，這是因爲長門斬下荒木持牌右手，黑木牌效力失效所致。

長門也不戀戰，撥弄琴弦彈放銀流，將孫大海和自己安然捲落下地。

「呀——」狂筆和荒木驚恐之際，捧著自己的斷臂和斷腕駭然往樓下逃。

花店公寓正面，伊恩有時輕盈靈活得像隻野貓，從容躲開三、五名摘下戒指的黑摩組新人連續猛攻；有時又強悍地如同猛虎，手上七魂所及之處不論是人、是指魔、巨怪還是凶獸，全都給斬成兩半。

那些圍攻伊恩的黑摩組成員大都地位低微，身上並無狂筆和荒木的黑木牌；但也有幾個傢伙取出木牌，對著伊恩比劃半晌，伊恩只是冷笑，像是一點也不受影響。

「真的是你——」

一個響亮聲音自公寓上方傳下。

張意和伊恩抬頭望去，那聲音來自那花店公寓四樓隔壁的隔壁——

孫大海這花園堡壘第九戶，當晚青蘋藏身的住家。

站在陽台上的男人，一身白襯衫和西裝褲，緩緩揭下眼鏡，連同兩只剛卸下的戒指，一併遞給身旁一名護士裝扮的女隨侍——

他的面貌本來應當相當斯文，但此時臉上滿布奇異紅紋，雙眼閃動青光；左手無名指是紅色，食指卻是青色。

「宋醫生，原來你也能夠騙過我的鼻子。」伊恩朝著那陽台上的男人淡淡一笑。

「安迪呢？他在的話，叫他也出來吧。他刺我肩膀一釘，我來報仇了。」

陽台上那男人便是黑摩組核心五人之一的宋醫生。

「想不到你會主動送上門。」宋醫生面無表情，左手搭上陽台牆沿。只見樓頂上方女兒牆及陽台圍牆外側，同時閃現四片光圈，伸出四隻大手，將宋醫生面前的鐵窗硬生生扯開一個大洞。

「我其實沒有用上更特別的隱魄法術。」宋醫生淡淡地說：「伊恩，是你的力量衰退了。」

「是嗎？」伊恩揚起七魂，笑著指著身後那碎得滿地的黑摩組成員。「我覺得夠用了。」

「你現在的力量足夠殺光我的嘍囉。」宋醫生舉起手，輕輕搭按在圍牆牆沿上。

「但足夠殺我嗎？」

「不知道。」伊恩聳聳肩。「不過很快就有答案了。」

「也是。」宋醫生點點頭，按在牆沿上的手掌發出紅光。

伊恩腳下閃現一個巨大光圈，一雙紅色大掌轟然竄起，將伊恩連同豎立在他腳邊的七魂刀鞘一同托上兩層樓高。

「老大——」張意見伊恩被突如其來的巨手高高捧起，駭然大驚。只見那雙巨手一手托著伊恩，另一手卻竄得更高，然後重重拍下，像是將伊恩當成了蚊蟲。

轟隆一聲，霸軍口咬長槍現身，舉著一雙粗壯胳臂撐住這巨掌壓合。

唰唰——伊恩則揮出快如閃電的兩刀，將腳下頭上兩隻巨手十根大指全斬下，不讓巨掌手指有向內彎突摳抓的機會。

幾乎等同人身大小的巨指斷處噴發出紅煙，轟隆隆地砸在張意前後左右。

宋醫生雙手往牆沿一按，圍牆四周竄出數隻大手，全往伊恩抓去。

而在伊恩腳下和頭頂上那被斬去五指的兩隻枯掌手腕處，則竄出一條條細長人手，那些手或搭或握，像是牢籠般將伊恩團團困住。

「你明明摘下了戒指，卻只敢遠遠地用這些招式？」伊恩哼哼冷笑，彎膝沉腿，將刀背橫於右腰處，擺出彷如拔刀的姿態——刀鞘還豎立在他身後，那霸軍仍咬著長槍，撐著上下夾合的無指雙掌。

「老大——」張意仰頭，看著托著伊恩的那雙巨臂上不斷伸出新手，像是捆毛線球般將伊恩緊密包覆進「手籠」裡，不禁著急大喊：「師兄，老大他……」

張意還沒急完，只見前後左右自公寓牆上伸出的大手全往手籠按去，一條條大手搭著大手、小手握著小手，還泛起石質色澤，像是進一步從「手籠」變成了「石牢」。

喀——

一道巨大裂口出現在那石化至一半的手籠側邊，裂口閃現刺目紅光。

跟著又是數聲巨響，紅光橫切豎斬，瞬間將那結到一半的大手、小手斬得碎裂崩塌。

伊恩落在張意前方，七魂刀鞘則豎立張意身旁，明燈雙手各自捏著五張符，盤腿現身於刀鞘上方；霸軍挺著長槍守在伊恩左後方；無蹤自伊恩背後走出，擺出格鬥姿態，守住他右後方。

伊恩反握七魂，捏起張意背後大罈一枚銀針，往頸子一插，再在棉線上快速一撫，引出大量魄質往身子裡灌，抬頭對仍站在陽台上的宋醫生說：「你們不是一直想抓我？我自己送上門，你還不下來？」

「那鐔子……是華西夜市金庫裡的鐔子。難怪你能夠壓制鬼噬，之前傳聞你躲在華西夜市養傷，果然是眞的。」宋醫生望著底下堅如城牆的伊恩陣勢，十餘名黑摩組新人被他殺去三分之二，剩下的全退開老遠，不敢繼續逼近。

「是啊。」伊恩嘿嘿一笑，轉頭見後方長門彈著數股銀流四面鞭打，打退四面八方那些惡獸、黑鬚、黑火，掩護著孫大海朝他奔來，知道他們已經成功取回種子。

「再過不久，我就要和這副身體道別了，不趁現在好好玩玩怎麼行？」伊恩哼哼笑著，舉刀指著宋醫生說：「其他人都不在這裡？安迪、邵君、小非、那肌肉狂……啊呀我都不記得他叫什麼了，他們不在這嗎？不出來陪我玩玩？」

「大家都有自己的事要忙，我陪你就行了。」宋醫生遠遠盯著伊恩那垂著的右手，縱身踩上牆沿，自那被巨手扯開的鐵窗破口躍出。

一隻隻自公寓壁面上伸出的大手彷彿成了宋醫生腳下石階，讓他越踩越高，同時還向下生出更多手臂。

一條條或粗或細的怪異手臂不停向下竄長，十數秒間便堆成了一座巨塔。

那異手巨塔底下千萬隻手猶如腿足，撐著整座巨塔往前碾來，那些惡獸、陰雲巨怪井然有序地在前頭衝鋒；本來嚇退了的黑摩組成員在宋醫生親自壓陣下，也紛紛聚回那怪手巨塔底下，指揮著惡獸向前推進。

「這什麼鬼東西？」伊恩哈哈一笑，領著眾人後退，朝著宋醫生說：「你這麼怕我，不敢跟我近身作戰，我對你沒興趣了，要走啦。」

「你以爲在黑夢裡，能說來就來，說走就走？」宋醫生站在異手巨塔上，皺了皺眉，低頭看看胸口，還伸手輕撫，像是在確認什麼。

「你將操縱黑夢的東西縫在身體裡？」伊恩笑著說：「不愧是醫生。」

宋醫生放下手，冷冷望著伊恩，指揮異手巨塔繼續推進，底下那些惡獸聚集得多了，開始往前衝鋒。

盤腿在刀鞘上的明燈雙手一揚，灑出一片符咒，那些符咒一分而二、二分爲四，在空中迴旋飄蕩。

衝來的惡獸撞上那些符咒，有的燃起大火、有的閃起電光、有的冒出毒煙、有的僵化撲地。

宋醫生臉上表情愈漸古怪，再次舉手按著胸口，掌下發出異光。

柏油路面開始出現一條條裂縫，奇異的管線自附近那些黑夢異樓伸出，怪異的建築開始亂長。

「真虧你忍那麼久。你用你淺薄的見識判斷孫大海那些種子在黑夢裡恐怕長得不好，所以刻意維持這個日照區域。就算見到我大駕光臨，也一直不肯使用黑夢的力量。」伊恩嘿嘿笑著說：「但你知道單憑自己的力量，就算摘下全部的戒指也贏不了我。」

「確實。」宋醫生冷冷地說：「比起那些種子，你和你手上那把刀，珍貴太多。」他說到這裡，雙眼綻放出奇異光彩，一手撫著胸口，一手指著伊恩。

「黑夢確實厲害，但我挺得住。」伊恩舉起七魂，用刀柄輕輕敲敲額頭，他的額上同時閃現三圈光陣，這是抵禦黑夢術力的防禦法術。

「你挺得住，你手下呢？」宋醫生環視張意、長門和孫大海，他的視線停在孫大海身上。「原來你投靠畫之光去了，你以爲有畫之光撐腰，就能幫你搶回那些種子？」

「我……」孫大海正要應答，只覺得脖子一癢，原來長門自張意背後那魄質大鐔上拉起三條銀針棉線，一針插在自己頸子上，一針插進孫大海頸子上。

第三針，又插進張意頸子裡。

「呃？」張意摸摸頸子，雖然這銀針刺進他頸子裡一點也不痛，但他仍然覺得奇怪，不明白為什麼其他人都只刺一針，就他一人要刺兩針，連著兩條棉線。

「別聽他說廢話，別回答他，專心保持清醒。」伊恩用刀身輕輕敲了敲張意背後那大鐔，大鐔上發出一陣陣光暈，兩股瑩亮魄質流入長門和孫大海身子裡。

一股顏色略有不同的魄質漿液，竟自張意頸子上流出，尋著棉線流入大鐔裡——張意的魄質被引入大鐔，流入伊恩、長門和孫大海體內，進一步幫助他們抵禦黑夢。

「你們……」宋醫生眉頭越皺越緊，雙眼流露出濃濃疑惑，遠遠盯著張意背後那大鐔和那幾條棉線；他已經催動黑夢之力，但眼前數人卻像是一點也不受影響。

「老、老大，我們這樣連在一起，不好行動……」張意盯著前後左右包圍上來的異獸和陰雲巨怪，和眼前那排山倒海壓來的異手巨塔。

「放心。」伊恩笑了笑，揚手兩刀，斬裂三頭衝來的異獸，跟著晃晃刀尖，一聲令下：「麻煩妳了，雪姑。」

「噫！」張意陡然覺得左耳一陣怪癢，像是有什麼東西鑽進了耳朵，嚇得嚷嚷起來：「師兄、師兄，有蟲子鑽進我耳朵裡啦，快幫我趕跑牠，拜託！」

「什麼蟲子，是師兄我。」摩魔火的聲音，便從張意耳朵裡發出。「我有點累，借你耳朵休息一下……」

「什麼？」張意還沒會意，只見立在伊恩腳邊那七魂刀鞘上的銀色繩結陡然竄長開來，一股股銀絲竄入他們腳下，迅速隆起一座銀色小丘將他們撐離地面。銀色丘兩側還長出八條銀足——

這是一隻足足有兩輛房車併在一起大小的巨大銀色蜘蛛。

張意踩在這銀色大蛛背上，終於明白摩魔火為什麼要躲進他耳朵裡了。

「七魂之一，雪姑。」摩魔火在張意耳朵裡，壓低了聲音說：「那不是她的真身，是她用蛛絲造出的假身，她的真身恐怖千倍不止；不過我倒也不是怕她，只是不願見她——她不太講理。」

「哇！」張意感到腳下銀色巨蛛開始爬動，連忙壓低身子，只覺得這銀絲巨蛛背上儘管凹凸不平，但蛛絲有著黏性，讓他身子隨著巨蛛行動而搖晃之餘，卻也不至於摔倒或跌落。

銀色巨蛛開始俐落地往後退，八隻巨足轟隆隆踏過那些異獸。長門站在蛛身尾端，托著三味線撥起數股銀流，如鞭如刀地四面抽砍，將那些沒被踩著的異獸鞭落或斬死。

明燈盤在七魂刀鞘上方，灑起漫天符籙，那些符不再懸空不動等著敵人撞上，而是猶如飛鳥般亂竄，主動沾黏那些異獸和陰雲巨怪。

「好玩吧，像不像一輛高科技戰車？」伊恩回頭對著張意哈哈朗笑，像是孩童向同伴炫耀心愛玩具一般。他搖了搖刀，七魂刀刃上紅光流溢，紅光延伸出刀尖，成了一條長長的鞭子。

伊恩踩在蛛身前端，揮動紅光鞭子，每一鞭都打出四、五公尺遠——那流溢的紅光看上去雖像條鞭子，但底下被鞭著的異獸、巨怪，甚至是黑摩組成員，都像是被利刃斬過般四分五裂。

「……」宋醫生在巨塔頂端單膝蹲下，像是想要將張意背後的鐔子瞧得更仔細點；他見那銀色巨蛛後退速度越來越快，距離後方建築只剩十數公尺，眼前就要退入建築群一條防火巷裡，他立刻彈了彈指，那大片建築群本來敞開的門、窗和周邊窄巷，同時關閉或是落下一道道門——木門、鐵門，各式各樣的門。

銀色巨蛛退到建築群牆邊，幾處本來敞著的門此時全緊閉起來。

「伊恩，你不投降嗎？」宋醫生在巨塔碾至距離巨蛛十餘公尺處時揚起手，巨塔緩緩停下。

「你眞的這麼怕我？」伊恩哼哼冷笑地說：「從頭到尾，你都不敢接近我，如果是其他四個，一見我立刻就撲上來了。」

「看來你時間眞的不多了。」宋醫生面無表情地說：「你沒辦法打持久戰，所以企圖激我近身。你想從我身上得到什麼呢？控制黑夢的東西？幫助孫大海搶回神草種子？你以爲他那些神草可以治好你的鬼噬？」

「哎呀，什麼都被你看穿啦！」伊恩聳肩攤手，露出輕佻的表情，跟著說：「既然你識破我的詭計，我只好下次再來囉。」

「在這種情況下，你還以爲你走得掉？」宋醫生仔細端倪著巨蛛上每一個人，他揚起雙手，胸口黑氣叢生。

巨蛛後方的建築群微微震動起來，更多的管線、更多的古怪招牌、更多的霉斑污漬自牆面上生出；巨蛛左右兩側牆面緩緩生出怪異牢籠，上方也堆起奇異石棉瓦雨遮，像是要將巨蛛連同伊恩等人全包覆起來。

「唔……」孫大海瞪大眼睛，額上頸上青筋布露，雙手不自主地顫抖起來。

長門長長吁了口氣，抿著嘴撥彈起三味線，琴音有些紊亂。

伊恩不停舔著唇，像是有些口乾。他回頭瞥了長門和孫大海一眼，後退一步，揚刀在張意背後大罈上拍了拍，流入長門和孫大海頸中的魄質漿液更多了。

「你很困惑，對吧。讓我直接告訴你答案吧，爲什麼我們不怕黑夢呢？」伊恩微笑仰頭望著宋醫生。「因爲，我發現了一個天才，他不但不怕你們的黑夢，還能守護他身邊的朋友，讓大家都不怕黑夢。」

「就是他——張意。」伊恩說到這裡，側過身、揚起刀，用刀尖指著張意。「以後，這個人會接替我的位置、替我拿著這把刀，斬下安迪的腦袋、斬下你們每一個人的腦袋。」

「什麼！老……老大，你……」張意完全沒想到伊恩會這麼堂而皇之地介紹他，張大了口不知該說些什麼。

他一點也不想走上伊恩替他安排的這條路，但除此之外，他無路可走。

「……」宋醫生臉上疑惑更盛，從口袋取出手機，卻遲遲沒有撥號；他盯著張意，冷冷地說：「他就是阿君碰到的那傢伙？」

「是呀。」伊恩哈哈笑著對宋醫生說：「現在你知道自己的處境了吧，黑夢對我無效，你知道這代表的意思嗎？我給你一個由衷的建議——」

「摘下你手上所有的戒指。」伊恩揚起刀，指向站在異手巨塔上的宋醫生。

張意感到腳下巨蛛隆動起來，還沒站穩身子，那巨蛛便向前衝了上去。

巨蛛八隻銀足飛快奔踏，轟隆撞翻圍在前頭那隊異獸。那些年輕黑摩組成員沒料到伊恩竟會主動發動攻擊，嚇得連連後退。他們手上指魔修煉不久，摘下戒指好半晌，力量早已耗盡，只能虛張聲勢。

數隻汽油桶粗細的怪手自異手巨塔底下竄出，像是想擋下伊恩衝勢，但伊恩手上七魂銳利無匹，大手還沒摸著巨蛛，就變成了巨大的豆腐塊般四處散落。

伊恩站在大蛛頭胸上最前端，斬翻一堆迎面撲來的異獸、斬斷一條條怪手、斬死幾個逃得不夠快的黑摩組成員，他每一刀都毫不遲疑、每一刀都沒有落空。

自兩側夾來的異獸，不是被明燈的符逼退，就是被無蹤的拳腳打飛，負責後方防禦的長門，則以銀流打退那些試圖偷襲的零星異獸。

銀絲巨蛛的體型看似笨重，但衝刺奔躍靈活得像頭豹，轟隆一聲攀上巨塔，斜斜地往上衝。

「哇！」張意在巨蛛躍起時本以爲自己要給翻下蛛背了，但覺得腰間一緊，這才發現不知何時腰上纏著幾束蛛絲，將他牢牢固定在蛛背上。

巨塔上異光閃動，宋醫生當眞摘下全部的戒指，七根手指裡的指魔之力全部釋出——他的背後竄出各式各樣的手。

有男人的手、女人的手、小童的手；也有不少滿布怪毛、鱗片狀似惡魔的手。

各式各樣的手無限制伸長，四面八方抓向伊恩等人。

伊恩不退不避，揚刀迎擊那些怪手。

穿著日式鎧甲的霸軍再次現身，挺著長槍大戰怪手；同時，刀鞘上也伸出一雙超過一公尺長的灰色大掌，擋下自另一側襲向伊恩的怪手。

「這雙手你見過，是老何的手。老何是我最要好的朋友。」伊恩頭也不回地對張意說：「我交代過他了，往後他會盡力保護你。」

「老何」露在刀鞘外的便只一雙超過一公尺長的巨大灰手，猶如兩面重盾，和那些怪手互抓互打。

銀色巨蛛又一個蹦竄，距離塔頂上的宋醫生僅約十餘公尺。

宋醫生單膝蹲下，右手按進了塔頂之中。

銀蛛轟隆一震，被一隻自塔身竄出的紅色大掌托起老高，大掌猛地握合。

這次伊恩沒有讓霸軍等硬撐大手，而是指揮銀蛛靈巧地在大掌五指併攏前從指縫繞出，攀上大掌手腕，沿著胳臂再次竄向宋醫生。

宋醫生將左手也按進巨塔裡，同時背後竄出更多怪手。

巨塔上又竄出一隻黑色大掌抓向伊恩。

銀蛛飛快右閃，伊恩卻同時拔去頸上銀針，衝向左邊。一面閃電飛竄，一面對宋醫生擺出拔刀斬勢。

「喝！」宋醫生見伊恩和銀蛛突然兵分二路，連忙抽出雙手，高高向後一躍。

異手巨塔登然崩塌，一隻隻大小胳臂瞬間化爲灰燼。

一道刺目紅光在巨塔崩塌的同時，斜斜地劈過宋醫生半秒前佇足的位置上。還在數公尺外那排花店公寓牆上，劈出一道橫跨二、三、四樓陽台的巨大裂痕。

宋醫生在空中冒出一身冷汗，踩著一條自牆面伸出的胳臂還沒站穩，便見伊恩踏上旁邊一隻陰雲巨人的腦袋再次朝他竄來，手中七魂直挺挺地指向他心窩。

宋醫生再次向後躍開，雙眼戾光暴射，卻也流露出濃重驚恐，他的背後、肩上爆出更多異手，全往竄來的伊恩手上七魂抓去。

摘去全部戒指的宋醫生動作迅捷得如鬼似魅。

但伊恩這一記突刺更快。

眼看七魂刀尖就要插入宋醫生胸口，擋在宋醫生身前的異手，紛紛朝七魂刀刃握去。

七魂刀身上旋繞起猶如龍捲風暴般的紅色閃光，各式各樣的怪手一觸七魂刀刃，像是人肉攪著果汁機旋刃般飛濺起漫天血汁碎塊。

數十隻異手雖抓不住七魂，卻稍稍減緩了伊恩的衝勢，讓宋醫生終於以些微之差避開這一刺，落入後方公寓陽台裡。

宋醫生腳步踉蹌，差點要跌倒，背後異手撐著地板才讓他站穩。

「就差一點！」沒刺著宋醫生的伊恩落下地，接近他的那些異獸、陰雲巨人全成了出氣筒，他持著七魂左劈右斬，周身十數公尺內濺起一片血海。

宋醫生走到陽台牆邊往下看，只見伊恩揚起七魂指著自己，還左顧右盼，像是想找著什麼可供踩踏的東西，再次蹦上來追殺他。

宋醫生連忙自口袋掏出一張青色符咒，捏出一團青火，朝空中一拋。

那青火符籙高高竄入高空，炸出連環光爆。

他拋出符籙，雙手按著陽台牆沿，讓牆上伸出無數怪手，密密麻麻地守住了自己，卻見伊恩並未追來，而是縱身蹦上斜對面黑夢建築群上一處陽台——

那兒是他們來時那老舊客廳。

銀色巨蛛早已在陽台牆上等候多時。

陽台上的張意正努力地推著一道本來沒有的厚重鐵門。

伊恩站在陽台上，從張意背後大鐔捏起銀針，重新扎入肩頭，轉身以七魂遠遠指著宋醫生，笑嘻嘻地說：「克拉克，就差你了，出來亮亮相吧。」

一個金髮碧眼、戴著褐色墨鏡、身穿迷彩野戰服的男人，在七魂刀刃上現出上半身，雙手持著一柄狙擊槍，對準了宋醫生。

宋醫生躲在異手陣後，神情猶豫，像是不知該追上來，還是繼續躲在異手陣後面。

磅——

七魂刀刃上的克拉克扣下扳機，狙擊槍口那發子彈倏地穿透宋醫生身前那異手陣那大大小小的怪掌，正中宋醫生心窩——

子彈沒有射入宋醫生體內，而是嵌在宋醫生胸前。

「……」宋醫生低頭，捏出那枚子彈，望向伊恩，卻見張意竟眞將鐵門推開一條縫，長門和孫大海快速閃身進去。

「你是五人之中最謹愼的一個。」伊恩笑著大聲對宋醫生說：「這是你的優點，也是你的缺點，如果你從一開始就全力迎戰，或許已經殺死我了。」

伊恩說完，便閃身遁入那鐵門縫，領著一行人快速從原路撤離。

09壞腦袋

「停……」伊恩示意眾人停下腳步。

他們在一條貼滿了破爛廣告傳單的古怪廊道裡，天花板幾盞小燈忽明忽暗，光色一會兒赤紅一會兒青綠。

充滿霉臭味的污水自密集的管線滴落，一隻隻怪異的小鼠在牆角穿梭；在這廊道更前方，還有好幾條岔道，且有著向上或者向下的樓梯。

岔道中的其中一條，是來時原路，他們本來想要循著原路快速跑遠，但伊恩喊住他們，從口袋中摸出幾張符，又分別向眾人要了根頭髮，以符裹成細卷，往前一擲。

四個和伊恩等人一模一樣的假人從地上搖搖晃晃站起。

「往那條路跑，跑得越遠越好。」伊恩指著他們來時舊路，這麼對假人們說。

四個假人立時轉身奔入那條伊恩等人來時的舊路，跑得不見影蹤。

「大頭目，你想讓假身替我們誘開追兵？」孫大海見伊恩變這把戲，便隨口問。

「不知道騙不騙得過那些傢伙……」伊恩點點頭，指著一旁壁面上那幾扇門，說：「其實……是我走不動了……我得休息一下。」

伊恩說到這裡，連忙摀住了嘴巴。

黑色的血從他指縫滲出。

他插著鬼噬長釘的右肩不知從何時開始，又變得腫脹異常，胸口、脖子、腰肋數處都詭異隆動著，時而凸起、時而凹陷。

「怎麼了！老大？」摩魔火急忙從張意腦袋上躍上大鐔，取起一枚銀針要往伊恩身上蹦，伊恩卻退開一步，搖頭阻止。

伊恩小心翼翼地將幾口血吐在衣服上，不讓黑血濺落下地，跟著抹抹嘴，苦笑對著摩魔火說：「那些小傢伙吃太好，長得更快了……」

「這……」摩魔火揪著銀針，一時不知所措。伊恩需要額外魄質來安撫鬼噬中的餓鬼，但那些餓鬼吃了華西夜市那精盛魄質，卻又愈加成長茁壯。

「現在我身體裡，應該被他們鬧得一團亂了吧。」伊恩拉開破爛T恤，只見他那漆黑身軀已經嚴重變形，有些地方凹陷得誇張，像是連肋骨都給摘去般——伊恩若沒有這大鐔魄質和十餘種高明續命治傷法術強撐，早已死透了。

「你們聽好，接下來幾天，有兩個重要關鍵……」伊恩領著眾人，推開一道門，轉入一條陌生廊道，隨意找了間空房休息。

張意拉了張椅子坐下擋著門，伊恩則抱著七魂仰躺在地上，獨眼微睜，茫然望著天花板，沙啞地說：「第一、是不能讓他們找到，這不需要解釋；第二、是祈禱我這手比肩膀裡那些傢伙更快煉成……」

伊恩用左手拍了拍他那已無法抬起的右臂，說：「如果肩膀裡那些傢伙先出來，你們就得替我取手。」

「取手？」孫大海不解地問：「大頭目，什麼意思？」

「接下來幾天，我的魂魄會逐漸轉進手中；張意要替我拿著這隻手，讓它繼續拿著七魂。」伊恩解釋：「我的意識和七魂的力量能延續下來，藉著張意抵抗黑夢的能力，一步一步摧毀黑夢、摧毀黑摩組。這就是我的計畫。」

「但是我太累了……剛才我爲了讓那傢伙以爲我仍有餘力隨心宰殺他們任何一人，讓他遲疑、讓他退卻、讓他不敢窮追不捨……我使用了超過身體負荷的力量，也攝取太多魄質，把肩膀裡那些小傢伙養得更好了……」伊恩滿頭大汗，說：「接下來幾天……我可能壓不住鬼噬了。如果到時候手煉成，我卻無法鎮壓鬼噬，你們就得幫我斬下這隻右手，帶著七魂離開。」

「什麼，要我們斬下……」張意和孫大海不可置信地望著伊恩。「你的手！」

「那些餓鬼會佔據我的身體，要是不將手斬下來，這手豈不是白煉啦……」伊恩苦笑說：「放心，我雖然無力消滅牠們，但到時候……多少還是有力量幫助你們，不會讓你們幹得太辛苦……」

孫大海自懷中取出那青色小袋，取出裡頭的小烏龜，望著龜殼上的小芽，對伊恩說：「大頭目，你放心好了，雖然我不是晝之光的人，但你幫我搶回這神草，我拚掉一條老命也會幫你完成計畫……這神草已經發芽，只要幾天就能長大……」

「剛剛一戰……」伊恩點點頭，瞧了瞧長門和張意。「你們有什麼想法？」

「想法？」張意呆了呆，不明白伊恩這麼問的意思。

長門則側頭思索，撥戒弦回答，神官開口：「長門小姐說，她不明白宋醫生為何第一時間沒有向另外四人求援。」

「不錯，注意到了這一點。」伊恩笑著點點頭。「安迪是黑摩組的頭兒，那四人都對安迪死心塌地，但他們彼此表面上平起平坐，實際上多少仍保有一定的競爭性……宋醫生沒有第一時間通知其他人，是因為他想獨吞七魂。他是除了安迪以外，五人中腦筋最好的一個，但也是膽子最小的一個。他知道我斬下邵君手指，知道我儘管傷得極重，但仍有力量讓他付出慘重的代價，甚至殺了他，因此他雖然覬覦七魂，卻又不願全力來搶。」

「他們五人，並非完完全全的一體。」伊恩說：「這很可能是他們最終敗亡的關鍵。」

「再來——」伊恩喘了口氣，繼續說：「黑摩組必須藉著某種道具來控制黑夢；不同層級的人，拿著不同層級的道具，小嘍囉用一塊黑色牌子控制黑夢，但力量遠不如核心五人。宋醫生將那東西藏在胸口裡，還在胸口外穿戴著護甲或是施下防禦的咒法來保護那東西……他這麼看重那東西，表示那東西一旦失去或是毀壞，有可能讓他無法操縱黑夢，或是至少會付出巨大的代價。這道具，應該是他們除了肉體要害以外的另一個弱點。」

「第三……」伊恩這麼說：「這陣子，我其實一直懷疑……最近令他們頭痛的傢伙，或許不只我一個。」

「不只你？」孫大海問：「難道是協會的人？」

「不……」伊恩說：「在華西夜市時我就察覺到了，那時我雖然時常睡著，但總覺得聞到一股狐味……」

「一股狐味？」孫大海不解。

「我不是很確定……」伊恩說：「但如果那股氣味是眞的，那傢伙帶給黑摩組的困擾肯定是我的好幾倍；如果眞是他，那表示我太高估自己了，宋醫生眞正怕的，說不定不是我，而是他。他擔心那傢伙會突然現身，所以打起架來綁手綁腳、戰戰兢兢；如果那傢伙眞來了，有可能會成爲我們扳倒黑摩組的最大助力，但也可能成爲令我們永不翻身的惡夢。」

「老大……你說狐味，難道是……」摩魔火似乎知道伊恩口中的那號人物。

「是那大狐魔？怎麼可能？」孫大海聽伊恩這麼說，也猜出了伊恩口中那人的身分。

「老大，你說你聞到了……一個人的味道？」張意聽得一頭霧水，說：「那是厲害的人？」

「師弟，那傢伙不是人。」摩魔火說：「是隻千年狐魔，是整個日落圈子裡最厲害的一個大前輩……如果他也進來黑夢，那……那眞不知情形會變得怎麼樣。」

「對。」伊恩說：「如果他也不怕黑夢，那是天大的好事；但如果連他也被黑夢控制，反過來保護安迪、獵殺我們，那我這手煉不煉其實也沒什麼分別了……」

「那大狐魔厲害成這樣？」張意見在他心中已經接近無敵的伊恩都這麼形容那大狐魔，不禁好奇那隻千年狐魔究竟厲害到什麼境界。

「如果真是他，會來也並不稀奇。」伊恩說：「我聽說……那隻千年大狐魔有個女兒，一直受台北協會分部監管。黑摩組對台北分部發動突襲，說不定就是想逮著大狐魔的女兒作人質，進一步控制大狐魔……大狐魔的女兒現在或許已經落入黑摩組手中。大狐魔如果真來，說不定是來救女兒的，也說不定是受到了威脅前來幫助安迪——雖然我不覺得這種方式能夠威脅他，他喜怒無常，沒人能命令他做事……」

伊恩說到這裡，閉起眼睛，像是睡著了般。

長門持著三味線來到伊恩身邊正坐，輕輕撥弦彈出幾道流光，在伊恩腦袋、胸背輕輕按著，像是想紓解他一身疲累。

幾絲銀流滲入伊恩胸腹，卻陡然化散，長門睜大眼睛，像是不敢置信伊恩體內的變化，她忍不住落下淚來，經張意詢問幾聲，這才拭乾眼淚，撥弦回答。

「長門小姐說……」神官翻譯：「伊恩老大的五臟六腑都被鬼噬啃爛了，連骨頭也斷了許多根……伊恩老大用符造出一些替代骨架支撐著身子；用許多法術讓自己保持清醒，靠著魄質維持體力……」

「……」張意和孫大海互望一眼，難以想像不久之前，伊恩竟能拖著這副破爛不堪的身體，將黑摩組據點殺得人仰馬翻，不但幫孫大海取回神草種子，還差點讓黑摩組核心五人少了一人。

□

青蘋推開書庫結界一扇門，進入一條直廊，直廊底端有一條往上的旋轉木梯。

她循著那旋轉木梯向上走，來到一間約莫兩坪大的小木屋，四面都有窗，這兒是整座書庫結界最高的地方，是一座瞭望台。

瞭望台的高度比圖書館頂樓還高出十餘公尺，能夠看見中永和大部分區域，還能遠遠見到新店溪對岸的台北市區。

這幾天來他們從瞭望台往萬華、西門町的方向望去，只見那一帶先是「長」出一棟

棟奇異高樓，跟著那些高樓開始橫向擴張，逐漸相連合爲一體，變成一座猶如高山般的魔宮巨城。

周遭住民對此倒是一點也不以爲意，黑夢的淺層和深層地帶早已跨過溪流，籠罩住整個北部地區；範圍內的住民受了黑夢效力影響，對一切災害全無反應，自然也沒有大規模遷徙的意圖，乖乖地繼續著往常作息，提供源源不絕的魄質供黑夢壯大。

青蘋等人從這高處瞭望台往下望，隨時都能見到新的火場，甚至見到路上持續發生的車禍。

盧奕翰窩在一張躺椅裡，望著遠空被夕陽映得紅橙一片的雲。他見青蘋上來，便坐了起來，接過青蘋遞來的飯菜，吃了幾口，嘿嘿笑著說：「阿彌爺爺廚藝還是一樣爛。」

「……」青蘋默然半晌，垮著臉說：「阿彌爺爺哪有空煮飯，他還在和夜路腦力激盪，研究對付『壞腦袋』的陣法。」

「呃……」盧奕翰呆了呆，這才意會到這大碗公裡那塊煎得破爛的荷包蛋、過鹹的空心菜、焦得發黑的肉排、乾硬的米飯，全都是青蘋親手煮的。他連忙改口：「哦，其實味道還不錯，就是……就是鹹了點，其實很不錯吶。」

「難吃死啦！」英武倒是毫不客氣，他窩在窗邊一個小草窩裡，也捧著一碗青蘋遞給他的飯菜大嚼。這幾天隨著黑夢逼近，夜路和盧奕翰會輪流上這瞭望台守夜，比起地下書庫，英武倒是更喜愛這高空瞭望台，他待在這兒的時間比其他人更多。

「青蘋，要是用這種飯菜造出來的大便餵神草，神草會很生氣！他會長不好。」英武誇張地說。

「那好。」青蘋瞪著英武：「下一餐換你煮。」

「我是鳥，怎麼煮？」英武抬起他的鳥爪子，說：「我用右爪子拿鏟子、左爪子拿鍋子，鏟子跟鍋子就卡在一起啦，我的體型沒辦法使用人類的廚具呀。」

「那你就給我閉嘴！你不吃拉倒，我拿去倒掉。」青蘋哼了哼上前伸手要搶英武的大碗公。

「我只是說難吃，又沒說不吃。」英武連忙捧著碗公背過身去，繼續大口吃起飯；他胃口極好，每餐能吃下兩個便當。

「下一餐我來煮好了……」盧奕翰快速扒完飯菜，打起圓場。

「協會有消息嗎？」青蘋問。

盧奕翰取出手機看了看，搖搖頭。

這幾天他們都待在書庫結界裡，表面上幫忙阿彌爺爺布置這書庫結界裡外的防禦工事，實際上卻是將一盆盆掃把星放置在結界各處，甚至埋入圖書館外的公園草地。

由於阿彌爺爺這書庫結界比先前小蟲的刺青工作室、花花幼稚園都大上許多，因此盧奕翰陸續又向協會拿了三箱掃把星。

他們在每一盆掃把星埋入能夠解除封印的符籙，屆時一經施法，範圍內所有符籙會一舉燒開，掃把星便會開始發揮效用，破壞阿彌爺爺這書庫結界——目的是不讓書庫結界成爲壯大黑夢的食糧。

阿彌爺爺卻不知道夜路等人的眞實計畫，他相信這些「放屁草」眞如夜路所言，解開封印之後會發出臭氣，熏倒那些進犯的壞傢伙。

同時，這些天在三人幫忙下，阿彌爺爺在書庫結界裡外的防禦陷阱，也一口氣增加到近百處，遍布在整座四號公園裡。

夜路和盧奕翰偶爾見識到阿彌爺爺示範那些防禦陷阱的精巧之處時，也不免欽佩，他們從不知道阿彌爺爺竟然懂得用書頁紙張，變化出千兵百將埋伏在公園各個角落。

此時這書庫結界在阿彌爺爺連日來布置下，猶如一座堅城。

若非夜路和盧奕翰親眼見過黑夢的恐怖、見到那十餘隊四指各國頂尖殺手瞬間覆沒的過程，他們說不定真會相信阿彌爺爺能憑一己之力擋下黑夢。

這些天裡，青蘋偶爾也會幫忙謄寫那黑皮書上某些奇異文字段落，再讓盧奕翰拍照傳給協會。

但始終未收到協會高層進一步回應。

阿彌爺爺懂得些古文字學翻譯的皮毛，從過往老友的書信手記裡夾雜的隻字片語中，翻找出許多與黑皮書上相同的文字圖樣，配合前後文和註記解釋，猜測著該字意思，再拼湊整合成一份翻譯對照表。

整本黑皮書，阿彌爺爺大概能夠看懂十分之一。

夜路從阿彌爺爺那些「老友」書信的內容，猜測那些老友可不是人，而是有點年歲的魔物。

那黑皮書上的文字，或許是某些地區的魔專用文字，這黑皮書確然是一本手記，記載著一種奇異法術的研究過程。

但他們並不能百分之百確定「壞腦袋」就是黑夢，僅知道這壞腦袋與黑夢有某些共通點。

「我覺得協會並不是很重視我們提供的情報……」青蘋露出不滿的神情說：「如果那本書是眞的，裡面很可能會有破解黑夢的辦法。」

「他們已經把妳抄寫的字上報給更高層了，他們也沒收到進一步回應……」盧奕翰苦笑說：「日落圈子裡有各式各樣的結界法術，結界法術有部分概念大同小異……那本書或許眞的記載某種結界法術，但就怕跟黑夢沒太大關係……現在協會人力不足，大部分的人和我們一樣都有任務在身……加上現在到處都是小道消息，協會每天會收到好幾十條關於黑夢的祕辛，也不知哪個是眞、哪個是假……我看秦老、何大哥他們很難花更多時間處理我們這條消息……」

「好，那我們可以自己追這條線索……」青蘋不死心地從口袋中摸出筆記本，翻了翻，裡頭有幾頁寫著阿彌爺爺對「壞腦袋」的見解。

她倒是十分認眞看待阿彌爺爺那本黑皮書，但她對古文翻譯、解碼、結界咒術全部一無所知，只能幫忙從一箱箱的老友書信裡，檢視有無和那黑皮書文字相同的文字，讓夜路和阿彌爺爺自個兒鑽研，不時記下他們對「壞腦袋」的新見解。

「我還有個問題。」青蘋頓了頓，又說：「今晚眞的要解除這些掃把星上的封印了？」

「是啊。」盧奕翰點點頭，像是不解青蘋有此一問，他解釋：「這地方比我以爲的更大一點，跟協會要的掃把星都安放好了，我們要趁黑夢侵襲之前完成這項工作。」

「你難道沒想過試著幫阿彌爺爺守住這地方？」青蘋皺眉問。

「守住這地方？」盧奕翰攤了攤手，搖頭說：「妳忘記黑夢的威力了嗎？我們上次能夠逃出來純粹是僥倖，要是再被困在裡頭，可能就沒這麼好運了。」

「可是……」青蘋仍有些不死心。「我覺得阿彌爺爺的陣法，好像眞的能夠抵抗黑夢呀，你看我們在裡面不用戴口罩也沒事。」

「阿彌爺爺這結界或許有一定的抵抗力吧，但黑夢核心地帶的力量遠遠超過外圍地帶。何況以現在黑摩組的實力，根本不需要動用黑夢的力量，他們直接派人過來，我們也擋不住。華西夜市開會那時候，上百個四指殺手自相殘殺死了一半，剩下一半現在大概都被黑摩組收編了，光憑我們幾個，就算仗著阿彌爺爺的陷阱擋下他們兩、三批人，但之後呢？」盧奕翰認眞地說：「要是眞爲阿彌爺爺好，就該想辦法帶他安全離開，如果那黑皮書眞是破解黑夢的關鍵，那我們更不能失去阿彌爺爺，這世上或許也只有他有辦法讀懂那怪書了。」

「也是……」青蘋嘆了口氣，終於同意盧奕翰的說法，喃喃地說：「我只是每天見他那麼認眞設計那些陷阱、那麼努力研究那壞腦袋，爲的就是保護這地方跟他那些寶貝書，但到頭來一切全是白費工夫……」

「別想這麼多了……」盧奕翰見青蘋神情黯然，想說些什麼安慰，卻聽見窗邊英武的尖銳怪叫。

「咦？那是什麼呀？」剛扒完飯、佇在窗邊伸展身體的英武，此時抬著翅膀指向北方嚷嚷跳著：「好奇怪呀！」

盧奕翰和青蘋湊上前看去，起初還看不出什麼動靜，本以爲是英武大驚小怪；但英武嚷嚷半晌，激動地飛了起來，用爪子在空中比劃半晌，盧奕翰終於察覺到了什麼，喃喃地說：「啊！那邊房子上的窗戶……」

「窗戶？哪裡的窗戶？」青蘋咦了一聲，順著盧奕翰的目光望去，終於發覺遠處一塊被鄰近大樓陰影覆蓋著的公寓群有些古怪——

那一帶公寓壁面上的陰影色澤，似乎比周遭樓宇互相遮蔭的陰影要來得更加漆黑。和墨一般黑。

「窗戶、窗戶！窗戶在閃！」英武怪叫。

「啊！」青蘋這才見著，那幾排公寓不僅陰影色澤特別深，公寓上的窗子，每隔數秒或十數秒，就會閃爍幾下紅光或青光。

「哦——」英武又叫了一聲。

有個巨大形似蜘蛛的怪影，自附近公寓牆面爬過。

青蘋和盧奕翰駭然相望，他們都認得那東西。

那不是蜘蛛，是他們在華西夜市被黑夢吞噬時所見到的獨眼衛兵。

那些獨眼衛兵只在核心地帶出沒。

這意即黑夢核心地帶的範圍正式跨過新店溪了。

那一帶公寓上「色澤較深的陰影」，其實並非陰影，而是公寓受了黑夢影響，牆面開始產生變化。

更令他們訝異的，是那一帶的異變範圍正快速擴張中，且並非以圓心向四周擴散，而是猶如骨牌般直線推展。

推進方向便朝向他們所在之處的四號公園。

巨大奇異的水塔從幾處低矮公寓樓頂長出。

水塔上長出新的加蓋建築。

加蓋建築上竄生出一支支老式天線和奇異水管。

各式各樣的古怪招牌自樓房兩側伸出，甚至撞上鄰近樓房。

更多獨眼衛兵攀過樓頂、或是破窗而出，不時朝這兒望上幾眼。

「他們可以控制黑夢擴散的動線跟方向！」盧奕翰瞪大眼睛，盯著那快速往四號公園推進的黑夢核心地帶，總算明白當時華西夜市明明距離原本的黑夢核心地帶尚有一段距離，卻瞬間遭到突襲的原因了。黑夢的擴散方式比他們原本以爲的更加精細，能鎖定特定目標後快速突擊。

「他們的目標就是這裡？」青蘋見一、兩分鐘前那一帶異變公寓還尚不起眼，但數十秒間已經推來數百公尺，且異變模樣已清晰醒目。

青蘋連忙大力扯動瞭望台小屋牆邊一條繩子。

那繩子連著瞭望台旋梯高處一個銅鈴，銅鈴搖晃鳴響起來，攀在銅鈴上的一只紙蛙呱的一聲直直落下，砸在木旋梯底部直柱的木洞外，仍呱呱鳴叫不停。

一大堆紙蟬從木洞飛出，發出刺耳的鳴響聲。

「怎麼回事──」阿彌爺爺和夜路奔進旋梯梯間，抬頭往瞭望台的方向喊。

「黑夢、黑夢來了──」盧奕翰和青蘋站在瞭望台朝下喊：「我們快走！」

「啊？不是還很遠？說來就來？」夜路駭然大驚，一把拉著阿彌爺爺往梯間廊道外跑。

盧奕翰聽夜路那麼說，趕緊拉著青蘋奔下旋梯、奔回書庫結界，只見阿彌爺爺手忙腳亂地伏在一處矮櫃前亂翻，自那矮櫃裡捧出一堆怪書，東挑西揀地往懷裡一只布袋塞；一旁夜路也忙亂著將桌上資料堆成一疊，捧在懷裡，還左顧右盼，就怕漏了什麼。

「還不走？」盧奕翰揪著夜路喊，夜路則不停用下巴指著自己懷中那疊資料，說：「剛剛我們又解開了一些字，我覺得那書應該真的是黑夢研究手記，要打贏黑夢，一定要從那本書下手。」

「好好好！」盧奕翰氣呼呼地推著夜路。「把命留下來，才有機會好好研究！」

「阿彌爺爺，別再找了。」青蘋從桌旁拉出兩個滾輪大皮箱，拖到阿彌爺爺身旁，急急地喊：「你不是挑好書了，別再挑啦！」

「不一樣喔！」夜路將那疊資料塞進盧奕翰懷裡，奔來接過兩個大皮箱，又將其中一個再推給盧奕翰，說：「皮箱裡的書是寶物，阿彌爺爺找的書是武器。」

「不對，都是寶物喲。」阿彌爺爺像是不同意夜路的形容，他將一本本書往懷中布袋塞，塞不下的再往盧奕翰懷裡那堆資料上疊。

「好了、好了！」盧奕翰大喊：「壞腦袋要打來啦，放屁草準備啓動啦——」

青蘋和夜路一左一右，架起還想翻書的阿彌爺爺，跟著盧奕翰奔到一處門前。

「等等、等等！」阿彌爺爺甩拖兩人的手，一把拉下門邊一條繩子。

巨大的書庫轟隆隆響起怪聲，只見一座座書櫃都垂下簾子，那些簾子看不出材質，卻與書櫃貼得十分密合，將一櫃櫃書全緊密封死——阿彌爺爺深怕擺在結界各處的「放屁草」會燻臭了他的書，因此不但挑出兩大箱愛書隨身帶著，還在所有書櫃施術放下簾子，保護愛書。

他們推開門，只見裡頭是處辦公空間，有幾張辦公桌和幾座資料櫃。

這是四號公園國家圖書館內一處辦公區域，阿彌爺爺書庫結界裡那些奇奇怪怪的門，連接著國家圖書館裡各個地方。

此時尚是上班時間，這辦公空間裡外都有職員走動，他們見盧奕翰等自一處大資料櫃推門衝出，也絲毫不以爲意，只是對他們點頭笑了笑。

這些天盧奕翰等人對這些受了黑夢外圍力量影響，對任何緊急災禍也毫不驚慌的人們的反應已習以爲常。

眾人奔過窗邊，只見窗外圖書館正門外的街道樓宇已開始出現異變，一束束奇異鋼筋自壁面上竄出、結捆成梁柱；不知哪來的水泥混著雜物自動滾覆上鋼筋，在沒有模板固定的情形下，歪七扭八地生長成梁柱，又生出一塊塊樓板。

漫長的鋼筋水泥建築不時會穿插出木造結構的隔間，甚至是鐵皮貨櫃；有些鐵皮貨櫃腐鏽嚴重，掛在空中磅啷一聲裂開，落下一堆人骨士兵。

那些人骨士兵一落地立時站起，搖搖晃晃地往圖書館走來。

街道上的行人有的與那些人骨士兵擦身而過，有的抬頭望向那些怪樓，全都不以爲意。

「別看了，快走！」盧奕翰大聲催促著，領著眾人來到辦公室角落一座大資料櫃前，在櫃門上拍了拍，一把拉開櫃門。

由於整個圖書館與書庫結界緊密相連，盧奕翰等用阿彌爺爺教的結界法術號令，能夠在兩處空間中自由穿梭。

這辦公室資料櫃連著書庫結界裡一條隱密走道。

隱密走道末端那扇門推開之後，則又回到圖書館地下停車場。

他們奔過寂靜的停車場，開門擠上那輛破破爛爛的廂型車。

「這就是你們說的機動戰情室啊……」阿彌爺爺見到廂型車裡竟垂掛著滿滿的碧綠黃金葛葉子，也不禁訝然。

盧奕翰發動引擎；夜路快速打開電腦；青蘋和英武則忙著戴上夾有回魂羅勒葉片的口罩，還不忘分給阿彌爺爺一個。

「這什麼東西，好嗆喲——」阿彌爺爺皺起眉頭嫌那口罩上的回魂羅勒氣味燻鼻，英武在他身旁飛繞安撫著說：「這是老孫種的葉子，也能抵抗壞腦袋洗腦呢。」

「是嗎？」阿彌爺爺聽英武這麼說，勉為其難地戴上口罩，還不停催促夜路。「夜路，你不是說這裡能從電腦看到四周情形嗎？怎麼還不讓我瞧？」

「別急、別急……」夜路握著滑鼠點點按按，開啓視訊裝置，這些天來他向協會申請了一批監視攝影機，裝在圖書館和四號公園各處，透過無線網路將畫面傳到這廂型車的電腦上。

這是夜路和盧奕翰討論過後，將阿彌爺爺哄上車的方法——他們聲稱這破爛廂型車不僅有神草保護，裡頭的電腦設備也能同步監看整座國家圖書館和四號公園，是最好的戰情指揮所，能將阿彌爺爺設下的百種陷阱效用發揮至最大，這才讓阿彌爺爺同意在戰事發生時，待在機動戰情室裡，而不是死守在那小小的瞭望台上。

「有了、有了！」夜路在電腦前操作一番，監視畫面一個個彈出，他選出六個畫面，整齊排列在螢幕上；其中一處畫面照著圖書館正門街道，只見那些人骨士兵早已跨過街道往圖書館走來。

「啊！黑夢被擋住了？阿彌爺爺的陣法真的有效！」青蘋指著螢幕尖叫。

道路對面的樓宇，像是熱鍋裡翻騰的滾湯般，不停長出新的建築，落下、堆疊，塞滿了整條馬路，卻無法往公園磚道上推進。

公園外側磚道彷彿立起一面隱形的牆，讓那些奇異的加蓋建築、貨櫃、管線和鋼筋在馬路上擠成一團。

人骨士兵卻似乎不受限制，他們攀過那些建築，走進四號公園；有的攀上圖書館外牆、有的大剌剌走進圖書館、有的在公園裡晃盪，和圖書館裡外散步、遛狗、借書的市民錯身而過。

盧奕翰踩下油門，駕車駛出停車場，這廂型車裡外都施有防禦黑夢和隱匿氣息的咒術，他小心翼翼地駕車，試圖別驚動那些人骨士兵。

由於車廂裡掛滿黃金葛，阿彌爺爺瞪大眼睛盯著螢幕，並不曉得這移動據點正緩緩往公園另一側開去。

「夜路。」盧奕翰低聲一喊，盯著後照鏡，揚起一枚符籙——那是催動掃把星的符，一經施法，整座公園和書庫結界裡上百盆掃把星將同時發動，瞬間摧毀結界。

「等等……」夜路向後照鏡裡的盧奕翰搖搖頭，示意再觀望一會兒。

「哈哈哈，快看快看！壞傢伙要踩到我們的陷阱囉！」阿彌爺爺幾乎要將臉貼在工作台上的電腦螢幕前了，他興奮大笑著。只見其中一處視訊畫面，照著公園一角的幾株樹下，一個人骨士兵晃進那兒，幾株大樹突然枝葉抖動，晃下一陣小小的紙片。

那些紙片初落下時還是青綠色，落到中途轉黃發白，觸及地上瞬間綻出光芒，化出一個人形大傢伙，掄著拳頭對那人骨士兵一陣狂毆。

另一邊，一個矮婦推著輪椅，輪椅上坐著一個老人。

一名人骨士兵走近那輪椅旁，矮婦人突然一把抱住那人骨士兵，老人也從輪椅上跳下，抱著士兵亂打。這輪椅老人和矮婦人也是阿彌爺爺以書頁紙片變化出來的伏兵。

整座四號公園藏著上百個這樣用書頁紙片變化出的伏兵。

四處亂竄的書頁大狗和眞的狗玩在一塊，見了人骨士兵便撲上去咬。

躲在樹上穿梭的書頁松鼠，見了底下經過的人骨士兵便撲上去咬。

在地上亂走的書頁鴿子，見了走來的人骨士兵便撲上去咬。

混在土風舞團裡的書頁大媽，見了人骨士兵同樣撲上去咬。

「哇呵呵呵——」阿彌爺爺透過螢幕，見到自己的布置發揮效用，瞧得樂不可支，尖叫連連還忙著從懷中布袋掏出更多破書，捏著大剪刀想再增加兵力。

夜路向青蘋挑挑眉，他們雖然一同跟著阿彌爺爺起鬨歡呼，但兩人心知肚明，這些書頁士兵或許能夠纏住那人骨士兵，但碰上眞正的黑摩組成員，無疑螳臂擋車。

「看！」青蘋指著螢幕上其中一處監視器畫面，只見圖書館正門外街道上疊起了一道古怪異牆——那是因爲不停增生竄長的黑夢怪屋無法深入公園磚道，只好不停往上堆疊、往兩側擴散，逐漸在公園磚道外圍堆出巨大的城牆。

「阿彌爺爺你這陣法眞的有效！」夜路見黑夢核心地帶竟無法推進四號公園，趕忙操作電腦，試著擷取螢幕準備上報協會，一旁的青蘋更直接以手機對著螢幕錄影。

「當然有效啦，不然我這些天豈不是白忙啦，哈哈。」阿彌爺爺得意地哈哈大笑起來。

夜路和青蘋倒吸了一口冷氣，一時無語，知道儘管這陣法能阻下黑夢推進，卻阻止不了黑摩組成員親身攻打。此時在後壓陣的黑摩組成員，必然已經察覺前方異變，即將採取對策了。

「啊！這次帶頭的是阿君啊——」夜路盯著其中一處分割畫面，只見一隊人馬浩浩蕩蕩地自斜方走入四號公園。

帶頭那人，正是黑摩組核心五人中的邵君。

邵君在追捕伊恩那晚，被伊恩以七魂斬去兩根手指，但此時她雙手戴著手套，看不出任何異樣。

邵君身後跟著的那批男人，人人手上都紮著繃帶，各個面露凶光，他們全都是亞洲最大華人幫派十六極的成員。其中一個身材中等的中年男人，戴著褐色墨鏡，走在阿君身後，像是這班嘍囉裡的領頭人物，他是十六極分支堂口老虎會的頭子——喪鼠。

「竟然是阿君，情報沒錯，她搭上十六極，四處踩人地盤，吸收一大堆黑道小弟。」夜路指著那螢幕上的分割畫面，只見邵君個頭比大多數男人更高，威風凜凜地走在最前頭。

她望著四周那和人骨士兵打成一團的書頁符兵，像是瞧見什麼鬧劇般冷笑了笑。

她領著眾人走過國家圖書館那美麗的紅磚拱廊，走過轉角處那條向下的階梯。她佇在階梯處，探頭望著遠處被擋在公園外而持續堆高的黑夢建築，微微露出疑惑的神情，像是不解那強橫無匹的黑夢爲何攻不進這座公園。

她取出手機，一面講一面走下階梯，來到圖書館地下停車場一處辦公空間門外，伸手在門上輕撫了幾下。

日落圈子裡千奇百怪的結界止戰區，都有著專屬出入咒法，外人難以隨意闖入，但對力量強大的異能者而言，那些封印咒法便如同簡陋、未鎖的門一樣，一推即開。

邵君沒有摘下戒指、甚至沒有放下手機，只是舉起戴著黑皮手套的左手，往那灰色金屬門板一按，夜路和青蘋從那安裝在門外的監視攝影機攝下的畫面，甚至不覺得邵君有出什麼力氣，但見那金屬門板已給推得變形，凹入內側──那扇門本應向外開的。

褐黃光芒隱隱透出，邵君在推門的同時，也以蠻力破壞了書庫結界外的封印。

由於那兒是書庫結界的正門，裡頭有阿彌爺爺布置的大量陷阱，夜路在廊道裡也安裝了幾支監視攝影器；他連忙切換攝影畫面，將廊道內幾處監視畫面放大。

只見邵君臉上掛著似笑非笑的神情，聊著手機，還朝那監視攝影機鏡頭笑了笑。

她終於收起手機，領著眾人走進書庫廊道，隨手從架上抓下一本書胡亂翻幾頁，跟著隨意拋下。

他們就像是一群走進兒童遊樂園的不良少年，對靠在廊道邊那一座座書櫃裡頭的書，都抱著好奇又帶有調侃的眼光。有人像是推骨牌般將一疊疊書推掃下地；有人取下幾本書，拋沙包似地拋玩一番；有的探頭探腦像是想從書堆中找出清涼寫眞集，也有的直接將一些書直接撕成兩半，展示自己的蠻力。

「哇，這些王八蛋喲——」阿彌爺爺盯著螢幕可氣得七竅生煙，轉身想下車回去跟他們拚了，卻又被夜路拉回來。

「阿彌爺爺，快看，他們就要走近你的陷阱啦——」夜路試圖轉移阿彌爺爺的注意力。

他和青蘋一前一後攔著阿彌爺爺，不讓他接近側窗或是後車窗。

「對喲！」阿彌爺爺吹鬍子瞪眼睛地擠回螢幕前，只見邵君走在最前頭，距離他那大捕獸夾只有數公尺的距離。

邵君身後那些跟班，似乎注意到擺在廊道中央的巨大捕獸夾，他們像是見到古怪有趣的玩具般哄笑起來。

邵君瞅著那捕獸夾笑了笑，直直走過去。

大捕獸夾側面兩顆小眼珠骨碌碌地轉動，在邵君踏來那腳步離它尚有一公尺有餘時，陡然磅啷一聲自地上彈起，對準了邵君腦袋夾去。

「哇！」廂型車裡驚呼一片，那大捕獸夾當眞夾著了邵君的腦袋。

阿彌爺爺像個收到禮物的孩童般笑著叫著，但夜路一點也沒有欣喜的反應，他完全不認爲這東西能傷著邵君分毫——

果不其然，下一刻，邵君終於緩緩抬起手，左右抓著那捕獸夾兩側，輕輕將之扳開。

邵君的臉上甚至連傷都沒有，僅是幾處被利齒壓著的凹坑，且立時回復原狀。

大捕獸夾劇烈抖動著，像是想掙脫邵君雙手，但仍被邵君輕易地扳至水平，然後再超過了水平，直至反轉扭曲得再也無法復原。

邵君隨意拋下那仍發出微微顫抖的捕獸夾，繼續向前，跟著一把抓著下一個迎面夾來的捕獸夾。

這次她沒將捕獸夾反扳，而是捏著夾合的捕獸夾不讓它再次張口，然後將那猶如上下顎的大夾，擰抹布般地轉成一圈廢鐵。

「哇，這傢伙是什麼東西啊——」阿彌爺爺見自己的得意陷阱在邵君面前竟脆弱至此，也不禁駭然。

「阿彌爺爺，我說得對吧。」夜路說：「他們很難對付。」

「那怎麼辦吶？那些壞傢伙要是賴在我書房不走……」阿彌爺爺急得說：「你那些放屁草呢？怎沒放屁吶？」

「快了、快了……」夜路連忙安撫阿彌爺爺，這才揚手對盧奕翰打了個暗號。

盧奕翰沒有反應，只是專心駕著車。

「喂！」夜路皺了皺眉，想起身湊近駕駛座，這才察覺此時車速竟十分快，他朝駕駛座喊了兩聲，突然感到車身轟隆一陣巨震，像是被什麼東西攔腰撞著般，不少雜物都被震落一地。

「啊——」青蘋攙扶著阿彌爺爺，盯著電腦螢幕大叫起來。

夜路望向那螢幕，只見邵君站在一處監視攝影下，舉起手機對著監視攝影機。

手機螢幕上是廂型車在四號公園外圍街道上疾駛的視訊畫面。

青蘋奔到後車門旁，撥開密密麻麻的黃金葛藤葉往車窗外瞧，果然見到後方跟著幾輛奇形怪狀的車，那些怪車車頭上兩只車燈竟是兩顆巨大眼睛，車牌下方氣壩位置則是一張生著利齒的恐怖大嘴。

其中一輛怪車逼得極近，不停撞著廂型車車尾，那大怪嘴還張張闔闔，像是想咬廂型車的車尾。

怪車上主副駕駛座都坐著人，駕駛一點也不像正在駕車，而是蹺著腿、枕著頭，一副看好戲的模樣。

副駕駛座那人則拿著手機，對著廂型車，像是在拍照。

邵君對著監視器展示的那畫面，顯然就是那怪車上的人攝下的。

轟隆——

那怪車一個暴衝，又撞上廂型車尾。這次怪車那張大嘴突出的利齒，勾著廂型車後車門板，喀啦將車門扯開。

廂型車裡哄亂成一團，阿彌爺爺氣呼呼地翻開書本、夜路喊出鬆獅魔、青蘋揪著黃金葛、英武叼下胸前紅羽；前頭盧奕翰也沒閒著，他一面駕車閃避左右包夾而來的怪車，一面留意後方情勢。

怪車上方天窗開啓，那駕駛站了起來，自天窗探身出車頂，還對車內副駕駛座那人說：「阿四，把我拍威風點，要立功就看這次了，讓邵君姊對我們刮目相看。」

這年輕小子是凌子強。

他和先前一樣戴著黑皮手套，左手無名指上戴著一枚戒指，樣貌未改變太多，但左眼瞳赤紅一片。

「唔唔……」阿四持著手機，笑著點頭。他在與老虎會談判那場晚宴上，自己割去了舌頭，再也不能像以往那樣自在說話。

凌子強攀出天窗，像頭豹似地趴在車頂，瞪著一紅一黑的雙瞳盯著車內數人，像是想躍入車裡大開殺戒一般。

10最後的告誡

「老大……你確定要這樣？」張意捧著一捆繩子怯怯地問。

「綁緊點……」伊恩坐在一張鐵椅上，他緩緩睜開眼睛後，只說出這三個字，旋即又閉上眼睛。

他赤裸著漆黑的上身，整個右半邊身軀嚴重變形，肩膀腫得有籃球那麼大，胸口、肋處滿是奇異瘤包，那些瘤包不時微微隆動著，偶爾甚至會出現人臉形狀的浮凸腫塊。

鬼噬惡鬼們似乎已經成長到隨時能夠破體而出的程度了。

張意和長門一左一右，將伊恩的雙腳和鐵椅的椅腳緊緊捆縛在一起，跟著將他那動彈不得的右手扎實地捆至椅背後側。

伊恩偶爾會睜開眼睛，命令他們再多捆幾圈繩子，且要捆得緊實。不一會兒，他的大腿、腰際、胸背，甚至是脖子，都給捆上一圈圈繩子，和鐵椅緊密相貼。

繩子上捲著符紙、鐵椅上同樣也貼著符紙，那些符紙看上去與常見的黃符有些不同；伊恩和長門隨身帶著的符籙早已用盡，他們將沿途搜刮來的筆記本裁切後作爲符紙，紙上甚至還有著一條條淺色格線。

日落圈子裡那千奇百怪的符咒並非寫了就有作用，而是要施術者消耗己身魄質，將力量封印進符中，符籙才有效力。符籙力量越強，自然也會消耗施術者更多的魄質和精力。

但他們此時擁有那鐔華西夜市數年稅收的巨量魄質，能大量製造所需符籙。

這些捲著繩子、貼在鐵椅上的符，效用是使繩子更加堅韌、讓椅子更加牢靠。

跟著，長門又捧來一疊長符。那些長符紙張是他們從一間雜貨賣場裡找著的麻將紙，裁成寬約十公分的長紙。寫成符籙後，再一張黏著一張，接成一大捆長符。

張意和長門像是包木乃伊般將這長符捲上伊恩全身。

伊恩低頭，檢視著身上這層層長符，像是十分滿意，嘴角微微喃動幾下，長符螢光微閃，已然生效。

伊恩全身上下能動的，只有那隻左手；他的左手輕輕按著擱在腿上的七魂。

前兩日他們成功取回孫大海的神草種子，在一間空屋裡休息半晌，等伊恩體力略微恢復之後，立時再度趕路。他們走了一整晚，在接近天明的時刻，來到這處有如廢棄民宅的空屋。

四周原本或許是青色的壁紙有些地方泛白褪色、有些地方霉黑一片，屋裡雖然有窗，但緊貼著外側其他建築的牆壁，無法見到外頭天色。

由於他們的手機早已沒電，僅能以先前取種子時的天色當作判斷基礎，推估之後經過了多久，大致判斷此時是白天或者晚上。

在這民宅外約莫數十公尺處的扭曲廊道裡，有扇門通往一家被黑夢搬移擠進建築群裡的小型雜貨賣場，這是伊恩選擇這兒作爲臨時據點的原因；賣場裡有大量食物飲水和生活用品，甚至是五金廚具。

伊恩用殘餘的力氣在沿路布下細膩而嚴密的警戒符術，若有黑摩組成員逼近，他立時就能知道。

「大頭目……」孫大海在旁看著不成人形的伊恩，也幫不上忙，喃喃地說：「你這手……還要多久時間才能煉成？」

「還要三十……不，二十小時左右……」伊恩緩緩地說：「各位，我的意識開始渙散了，我的魂逐漸往手裡跑；接下來我講的話，未必出自我清醒時的眞實意願，自己判斷該怎麼做吧……只要記住幾件事——」

「手煉成後，立刻斬下，帶著它逃到安全的地方，靜靜等我回魂，這要一段時間，你們得有耐心；再來，如果鬼噬裡的傢伙先出來，別跟它們硬打，先逃再說，我來對付它；最後，我這隻手有可能煉不成……你們得做好心理準備，七魂若沒有我的手控制，將會逐漸失控，你們得在那之前封死七魂上的魔居空間出口，方法長門知道，老友們不會怪我，他們不會想回到黑摩組手中的……」伊恩說到這裡，嘴角緩緩動了動，似乎還想說些什麼，但吸了口氣，不再說話，閉目養神起來。

□

時間過得極慢。

張意盯著手上一個自雜貨賣場取來的沙漏，隨意擺弄著，賣場裡不是沒有鬧鐘，那些鐘錶指針甚至會走，但每個標示的時間都不一樣。

在這不見天日的黑夢建築群裡，時間的概念變得模糊不清，由於每一分一秒都令他們感到漫長難受，也沒人想花心思找個確實判斷時間的方法。

長門抱著三味線倚在一張單人沙發裡，手邊小几上堆著數大疊以筆記本裁成的符紙，再沾大鐔魄質寫下的備用符籙。

自從伊恩傷勢加重之後，她便不時露出哀傷神情，甚至落淚。

孫大海則老對著那生著神草小芽的小盆栽發呆，偶爾對他那負責載運神草的小烏龜說些話，小烏龜聽不懂人話，也不會應他；他本是個喜愛熱鬧、多話好談的人，這些天與伊恩聊些日落圈子裡的奇聞異事倒頗有趣，但這兩天伊恩情況惡化，無力閒聊，另兩個年輕人一個不會說話、一個話不投機，他無聊得只能偶爾伸手摸摸神草小芽葉子，時常唉聲嘆氣要是英武在身邊該有多好。

「長門……」

伊恩在靜默數小時後，突然開了口。

長門坐直身子，望著伊恩，同時撥彈戒弦，神官立時翻譯：「父親，有什麼事要吩咐？」

「妳覺得……張意這人怎麼樣？」伊恩閉著眼睛，喃喃地問。

「父親，我不明白你的意思……」神官轉述長門的話。

「張意……你覺得長門怎樣？」伊恩又問。

「她……她很好呀。」張意抓著頭，不解地答。

「我知道……她很好……」伊恩緩緩地說：「她是個苦命的孩子……跟在我身邊許多年，我一直把她當成自己的孩子一樣，而不只是個晝之光的戰士……你答應我，以後好好照顧她。」

「是，老大……」張意點點頭。

「其實……我有太多話想對你們講了……」伊恩此時滿臉都是斗大的汗滴，他喃喃地說：「這件事，我不知道講出來，對你們是好是壞……」

孫大海聽伊恩那麼說，立時說：「大頭目呀，如果你有些話只能對他們講，我可以迴避一下。」

「老孫，不是怕你聽，是怕……唉。」伊恩緩緩搖搖頭，說：「張意，我說『照顧』的意思，是……」

「伊恩老大，你該不會……」摩魔火似乎察覺到伊恩的意圖，他挺起身子，在張意腦袋上現形，說：「我在這小子身上住了那麼多天，這小子身上有幾根毛我都知道，他實在不是個好傢伙……」摩魔火說到這裡，還拍了拍張意腦袋，補充：「師弟，你別怪師兄損你，我只是就事論事。」

「我無所謂啊……」張意翻了個白眼，不以爲意。「你怎麼損我都可以，別燒我就行了……」

「長門……」伊恩吸了口氣，微微睜開眼睛，但他左顧右盼半晌，像是找不著已走至他身邊的長門，他的獨眼似乎已看不見。「妳願不願意……當張意的妻子？」

長門和張意，甚至是孫大海，甚至是長門肩上的神官，聽伊恩這麼說，可都大吃一驚。

長門瞪大了眼睛不知作何反應，孫大海咧開嘴巴什麼也說不出，張意自椅子上蹦起，嚷嚷地問：「老……老大，你說什麼？」

「妳別誤會，這不是命令，只是……我突然想到的提議……」伊恩勉強擠出笑容。

「老、老大……病昏頭了嗎？」張意壓低聲音，問著頭頂上的摩魔火。

「這……」摩魔火雖不喜歡張意這樣說伊恩，但他似乎也無法苟同伊恩的提議，一時卻不知該怎麼回應，只氣得用毛足在張意脖子上搔刮起來。

「哎喲、哎喲師兄，別這樣……」張意又痛又癢，伸手拍抓脖子，卻什麼也沒抓著。他轉頭望向長門，見長門滿臉通紅地望著自己。

長門見張意朝她看來，立時低下了頭，身子微微顫抖，緩緩地撥弄戒弦。

「父親……」神官一面聽，一面將弦音翻譯成人語。「你有任何吩咐，我都會聽你的話，但我想知道理由。」

「這幾天，我考慮過很多情形……」伊恩點點頭，沙啞地開口：「我們畫之光的精銳部隊全軍覆沒，黑夢……似乎已經牢不可破，我不覺得……靈能者協會那些傢伙一時半刻還能想出什麼辦法對付黑夢，這場仗……可能會打很久。」

「妳是畫之光最好的戰士之一，但妳的人生經驗不足，有許多事妳還不明白，這會讓妳身陷危機。在接下來的日子裡……妳和張意必須日夜相伴，妳得依靠他的力量，才能在黑夢裡生存。在最緊急的時刻，稍有遲疑，代價就是妳的命，和我們畫之光的使命。想來想去……若你們是夫妻，互相扶持，許多事情會方便許多，你們會因此成長……」伊恩說到這裡，頓了頓，繼續說：「你們兩個都要記住一件事……越是可怕的事情，越需要睜開眼睛去面對。」

伊恩說完之後，靜默了好半晌，孫大海見張意嚇得傻了，長門則低頭不語，便試著打圓場說：「大頭目……你想把他們湊成一對？」

「他們兩個，一個不怕死、一個很怕死……」伊恩點點頭，說：「但這樣反而讓他們更容易死……如果不怕死的那個學會後退，怕死的那個學會向前，才能發揮最大的力量……想來想去，天底下除了親情之外，好像只有愛情，才能提供這樣的力量了。」

「大頭目說的倒是沒錯。」孫大海望著張意和長門，見他們呆若木雞，嘆了口氣，苦笑說：「這樣好了，大頭目你安心，之後我替你撮合、撮合，這種事急不得，愛情吶……不是逼出來的，得自然培養。」

「這倒是……」伊恩說到這裡，終於笑了，說：「老孫，你長我許多歲，你比我有智慧得多，我本來不應該這麼直接……這種事當然不能勉強。之後你們朝夕相處，多的是機會……只是，凡事總有萬一，我這隻手要是出了問題，以後恐怕無法看照著你們了……所以，趁著現在嘴巴還能說話，想到什麼講什麼，該怎麼做，你們自己判斷吧……呵呵……嘿嘿……」

伊恩乾笑幾聲，吁了口氣，又垂下頭。

跟著，又是一段漫長而寂靜的時間。

長門窩回她那單人沙發，將三味線抱得更緊；張意則在摩魔火逼迫下，喝光數瓶自賣場拿來的瓶裝飲料，開始對著瓶子吐氣裝火。

他們的視線偶爾會對上，張意的眼睛會像是被什麼黏住般直勾勾盯著長門的小臉，長門則會立時低下頭，避開張意的視線。

百無聊賴的孫大海，終於忍不住寂寞，擠到張意身邊，一副想傳授給他幾招追求女孩的方法；但摩魔火只聽了孫大海前兩招，便在張意頭上現形，露出火山快要爆發的模樣，嚇得孫大海吐著舌頭退開老遠，繼續無聊地逗他那不會說話的小烏龜和神草去了。

張意表面上努力對著瓶子吐氣，心裡卻酥麻麻得像是中了彩券一樣，他偷望長門的次數更多了，且會試著以摩魔火察覺不到的方式偷瞧長門。摩魔火伏在張意頭上，知道他腦袋正對著的方向，卻無法知道他眼珠轉向哪兒。

但他心情酥麻之餘，卻也有種茫然困惑、不知所措的感覺，他跟著孟伯上過無數次酒家，摸過許多酒家女身子，此時盯著長門，心裡卻有種前所未有的悸動。

又過了不知多久，伊恩又開始說起話來，大都是些含糊不清的話，且夾雜各國語言，其中又以日語最多。

這時伊恩半睜的獨眼是混濁的灰色。

起初張意等人會仔細聆聽，甚至詢問應答，但數十分鐘過去，伊恩所述內容卻仍像是夢話，前言不對後語，甚至是無意義的呻吟和音節。他們意識到伊恩已經進入他所說的「魂魄往手上轉移」階段，便不再接話。

張意心中不免有個疑問，伊恩剛才那番撮合發言，究竟偏向真實意願多些，還是純粹意識渙散下的失言。

長門倏地站起，幾聲刺耳弦音如同夜中驚雷，將對瓶子吹氣吹得頭暈腦脹的張意，和對著神草打起瞌睡的孫大海，都嚇得挺直了身子。

伊恩纏在身上的符籙發出一陣一陣光芒，右肩和胸前那些腫塊瘤包開始大幅度竄動起來。

但他左手仍毫無動靜。

「喀、喀喀……餓……肉……」奇異的喃喃聲音自伊恩喉間發出，卻不是他的聲音；伊恩混濁的獨眼微微綻現出奇異光芒，身子掙動起來，像是想要起身，他似乎對自己被綁縛在椅上感到相當憤怒。

長門持著三味線，擺出戰鬥姿態；張意揹起大罈，將他那些瓶子全塞進包包裡，躲到孫大海身邊。

伊恩身上所有繩子開始束緊，整張鐵椅上的符籙都泛起光芒。

啪吱、啪吱的聲音自伊恩身上各處發出。

那是符咒繩子逐漸崩裂的聲音。

日落後長篇03　完

下集預告

鬼噬惡鬼破體而出，長門、張意聯合奪手搶七魂，血戰雜貨賣場；黑夢壓境，一輛輛長著眼睛嘴巴怪車有如惡虎圍捕青蘋眾人，阿彌爺爺書中沒有黃金屋，卻有千軍萬馬，四號公園大亂鬥一觸即發！

日落後 / 星子著. -- 初版. -- 臺北市 : 蓋亞文化, 2015.04-
冊； 公分. -- （悅讀館）

ISBN 978-986-319-165-0(第3冊 : 平裝)

857.7 104000443

悅讀館 RE297

日落後 長篇 03

作者／星子（teensy）
插畫／BARZ
封面設計／克里斯
出版／蓋亞文化有限公司
地址◎台北市103赤峰街41巷7號1樓
電話◎（02）25585438 傳眞◎（02）25585439
網址◎http://gaeabooks.pixnet.net/blog
粉絲團◎https://www.facebook.com/Gaeabooks
電子信箱◎gaea@gaeabooks.com.tw
投稿信箱◎editor@gaeabooks.com.tw
郵撥帳號◎19769541 戶名：蓋亞文化有限公司
法律顧問／義正國際法律事務所
總經銷／聯合發行股份有限公司
地址◎新北市新店區寶橋路二三五巷六弄六號二樓
電話◎（02）29178022 傳眞◎（02）29156275
港澳地區／一代匯集
電話◎（852）27838102 傳眞◎（852）23960050
地址◎九龍旺角塘尾道64號龍駒企業大廈10樓B&D室
初版一刷／2015年07月
特價／新台幣 199 元
Printed in Taiwan

GAEA ISBN／978-986-319-165-0

Gaea

GAEA